鹏 城 新 韵

吕炳文　著

深圳出版社

图书在版编目（CIP）数据

鹏城新韵 / 吕炳文著. -- 深圳：深圳出版社，
2023.5
ISBN 978-7-5507-3613-9

Ⅰ.①鹏… Ⅱ.①吕… Ⅲ.①散文集—中国—当代
Ⅳ.①I267

中国版本图书馆CIP数据核字(2022)第225616号

鹏 城 新 韵
PENG CHENG XIN YUN

出 品 人	聂雄前
责任编辑	陈　嫣
责任技编	梁立新
责任校对	万妮霞
封面设计	龙墨文化 0755-83461000

出版发行	深圳出版社
地　　址	深圳市彩田南路海天综合大厦（518033）
网　　址	www.htph.com.cn
服务电话	0755-83460239（邮购、团购）
设计制作	深圳市龙墨文化传播有限公司（0755-83461000）
印　　刷	深圳市汇亿丰印刷科技有限公司
开　　本	787mm×1092mm　1/16
印　　张	14.75
字　　数	133千
版　　次	2023年5月第1版
印　　次	2023年5月第1次
定　　价	38.00元

前　言

　　本散文集文章所反映描写的深圳经济特区
的发展变化，涉及经济、社会和人们精神风貌
等方方面面，都体现了从无到有、从小到大、
从低到高、从落后到先进的原则。以此使读者
了解，尽管深圳经济特区如今已成为国际知名
的现代化大都市，但这绝不是突然从天上掉
下来的，而是经过万千建设人员脚踏实地的奋
斗，一步步建设发展起来的。这种变化之迅捷，
的确令人无限感叹。本书各篇文章虽然写作时
间跨越近30年，从深圳经济特区创办初期到
2010年左右，但彼此之间是连贯的，作为一个
整体共同组成本书。

目　录

忘不了开发奠基的第一声炮响

此刻，我正站在深圳湾畔柔软的沙滩上凝思，听着大海一起一伏拍岸的涛声。蛇口新城高低错落的绿树花圃和鳞次栉比的新楼笼着一片朦胧的轻纱，刚驶进港湾装满货物的巨轮，一声长鸣划破沉寂的晨空。这是一幅天然绘就的水彩画，雄浑粗犷，美得醉人。

突然，有一个声音，仿佛来自天上，在隐隐约约地问我："你还记得 12 年前这儿开发奠基的第一声爆山炮响吗？"

是的，我怎能忘记！第一批蛇口人也绝不会忘记！

1979 年 1 月 31 日，中共中央和国务院决定在深圳蛇口兴办工业区，由香港招商局集资和负责组织实施。从此，处于南头半岛顶端的这块土地，就恍若一艘破雾的艨艟，乘风起航。

是年夏末秋初的一天，两辆面包车风尘仆仆地向着这片荒山连着荒滩的地方驶来，小道坑洼不平，车子颠簸得厉害，但车内的人却兴高采烈。车子在山边一块开阔地停住了，接着从车里走下十多个人。他们一会儿站在山顶上眺望，一会儿走到海滩上，紧张地察看，有的人还一个劲儿地用计算机计算着、议论着。

一个月后，这块一直默默无闻的海滩一下子喧闹起来了。四面八方的建设队伍蜂拥而至，有来自中原大地的基建大军，也有来自北国的市政建设队伍，更多的自然是来自南粤本土各市县的建筑工程队。创业者那有点罗曼蒂克的献身开拓精神，充盈于每一座简陋的工棚。

工业区建设的第一道工序是推山填滩。于是，在工业区开发奠基礼过后，一连串用火药炮爆山的壮观场面，便破题儿第一遭出现在南海之滨陌生特区建设者的面前。爆山时那气势真可谓惊天地，泣鬼神，隆隆的轰声过后，大块大块的泥土山石像倾盆大雨般向周围落下，泥尘直冲云天，遮天蔽日。

这第一声炮响，仿佛要给人们留下永远的记忆。它向世人庄严宣告：中华儿女从此坚定地踏上了改革开放的强国之路！

试想，这洋溢着蓬勃年代进取精神的历史性时刻，又怎能忘怀呢？

半年后，一位从小喝汉江水长大、刚强贤惠的少妇，千里迢迢地来深圳探望毅然随队南下参加开发建设的丈夫。彼此还来不及亲热，少妇腹中一个躁动不安的新生命便要提前降临人间。在同事的关照和工地医生的帮助下，在小小的工棚里，婴儿的第一声啼哭划破宁静的夜空，未来蛇口的新一代诞生了。这又是多么值得自豪且富于诗意的一幕啊！如今，参加过海滨新城建设的第一批开拓创业者，有些已安家落户，定居于此，而那些新一代也一定会戴着鲜艳的红领巾，活泼快乐地踏上追求科学知识的道路吧。

"时间就是金钱，效率就是生命"这全新观念和口号的提出，犹如一声春雷，在蛇口的上空炸开了。石破天惊！正是在这新观念的指导影响下，到1981年秋，一个工业区的雏形便出现在昔日荒凉的海滩上。这种高速度和高效率，使不少中外人士惊叹。就连当时的香港总督麦理浩到蛇口参观时也不禁称赞："你们干得很有专业水准。香港要搞成这样规模的工业区，也要用四年半的时间，可你们只用了两年，真是罕见的高效率啊！"事实胜于雄辩。这有力地表明了：中国共产党领导下的中国人民，不仅善于打碎旧世界，而且也善于建设新世界！

整整12年过去了。此刻，我在这宽阔的大街上走着，浓雾渐渐消散，整个蛇口新城显得如此光鲜亮丽，充溢着朝气活力。是的，对于如此热辣辣的，给我豪情、给我灵感的改革开放年代，对于身处于这个年代里的开拓创业者那奋发、献身的精神，我一直都怀着崇敬和赞美之情。我想，这种开拓献身的精神，不正是我们国家和民族崛起的强大动力吗？

　　但愿有更多开发奠基的炮响！

春　情　赋

农历年过去，南国已东风拂面，春天的脚步走近了。春，是一个带有鲜活色彩的词儿。在春天里，人们兴奋乐悠悠。

是的，春在人们的心目中、在我国传统文化里是受欢迎、被赞美的。因春接续严冬之后。古人对一年四季有"游春""消夏""悲秋""厌冬"的说法，从中多少能反映对四个季节的感受。

冬天，大地受着严寒的鞭挞和冰雪的窒息禁锢。凛冽的冷风过处，光秃秃的树木枝条和干芦枯草向冥杳的远方呼号，路上的行人是瑟缩着脖子，来去匆匆，唯恐受了风寒生起病来。凄寂的寒气弥漫，只有家里才是温暖的。

春天则不同。沉寂的大地复苏了：小草儿开始长出嫩芽，慢慢青得逼人的眼，树叶儿也绿得发亮；得气节之先的梅花更是带雪绽放，"俏也不争春，只把春来报"。待到大河解冻，冰雪消融，到处更是呈现一派生机。此时，被禁锢了整整一个寒冬的人们，怎能不从心里产生欢悦之情呢？

也正由此，古往今来很多文人墨客对春都爱慕尤深，为了赞美自己心目中的春景，不惜花费大量的笔墨，给后人留下了珍贵难得的精神财富，其中不少名句至今还脍炙人口。比如"千里莺啼绿映红，水村山郭酒旗风"；"日出江花红胜火，春来江水绿如蓝"；"黄师塔前江水东，春光懒困倚微风。桃花一簇开无主，可爱深红爱浅红"；"应怜屐齿印苍苔，小扣柴扉久不开。春色满园关不住，一枝红杏出墙来"。此外还有"花褪残红青杏小，燕子飞时，绿水人家绕"；"红杏枝头春意闹"等等，简直不胜枚举。它们对生意盎然的春景描绘得那样淋漓尽致，达到了情景交融的境界。不过，最能引起我心灵共鸣的是苏轼那一首《惠崇〈春江晚景〉》的题画诗。诗曰："竹外桃花三两枝，春江水暖鸭先知。蒌蒿满地芦芽短，正是河豚欲上时。"这首诗虽然写的是江南一带春天的景况，但我联想起故乡珠江三角洲，也大有如临其境之感，不由得勾起我对童年时代在故乡生活的怀念。

我的故乡是著名的鱼米之乡，那里河涌纵横，鱼塘星罗棋布。每年清明前后，塘里的鲤鱼和鲫鱼就到了产卵繁殖期。为了使排出的卵容易受精成活，鱼儿都欢喜成群结队到岸边或水草堆里追逐打闹，这正是下水捉鱼的好时机。捕鱼的工具也不复杂，有的是用竹篾编成的鱼笼，有的是用树杈和粗线造的鱼兜。只要鱼笼放置得当或下兜准确及时，就很少空手而归。看着自己亲手捉上来的一条条肥美鲜鱼，我心里直乐开了花，有好几次因忙于跟伙伴捉鱼，连上学也忘记了，还曾为此被老师罚过几回站。正是这种生活中的情趣，使我的童年虽处于贫寒的境况，但终能在乐苦交融中度过，自强自立，也使我从小对春天有好感。

初春的元宵节更使人难以忘怀，不论大街小巷还是各家的庭院，都高挂着各色各样的花灯，熠熠生辉惹人眼，元宵的香气四处飘荡，使人流连忘返。所以自古以来就有"正月十五闹元宵"之说，一个"闹"字用得太精彩了，活灵活现地把人们庆祝这佳节的情景尽括其中了。不仅如此，元宵还是会情人的好日子。古代传统礼教森严，男女婚前相会的机会极小，只有元宵佳节稍有例外。由此元宵节又成了诗人墨客描写的对象，为后人留下众多佳句。试举两首便可见一斑。一首为辛弃疾的《青玉案·元夕》："东风夜放花千树，更吹落、星如雨。宝马雕车香满路。凤箫声动，玉壶光转，一夜鱼龙舞。蛾儿雪柳黄金缕，笑语盈盈暗香去。众里寻他千百度，蓦然回首，那人却在，灯火阑珊处。"另一首是朱淑真的《生查子》："去年元夜时，花市灯如昼。月上柳梢头，人约黄昏后。今年元夜时，月与灯依旧。不见去年人，泪湿春衫袖。"闹元宵这一传统代代相传，至今不衰。今天，更有人干脆提议把元宵称为情人节了。唯一不同的是，随着时代观念的变迁，恋人相会已变得正大光明，用不着偷偷摸摸，东躲西藏了。

南国的春天也是个多雨的季节，经常几天几夜毛毛细雨下个不停，深圳特区也不例外。这对于那些心境不好或背井离乡来异地打工，不能与家人相聚的人来说，也许会平添一些烦恼。但对大多数人而言，看着那一条条在空中摇曳不定的雨丝慢慢飘落下来，再看到远山被一团团、一簇簇、白蒙蒙的水汽所笼罩，则可领略到那种淡淡的朦胧的意境，心灵得到一次隐秘的洗涤净化。大地万物更是在那"随风潜入夜，润物细无声"的小雨沐浴下，吸饱了水分营养，憋着一股劲向上长，似乎要给人间带来一个生机盎然的绿色世界。这又怎能不使人体会到一种强大的生命力呢？正是在这种时刻跃动着的生命力驱使下，到处都在沸腾着、生长着，整个儿被浓浓的春情激励着，人人都奋发地去工作，去战斗，去创造生活中的甘泉。是的，"一年之计在于春"啊！

荔园漫步小记

　　深圳市有一处被人交口称赞的好去处——荔枝公园。顾名思义，这个公园有一片不大不小的荔枝林。原先这儿是一大片荒芜的水洼地，各种杂草长得有半人高，密匝匝的。后来这儿成了一片荔枝林，荔枝林里也是野草、荆棘丛生，压根儿不受人注目。1982年，市里决定在这里兴建荔枝公园，经过两年多的建设，公园已基本建成。昔日的水洼地变成一个碧波粼粼的大湖，湖上建起了各式拱桥、亭台、水榭。荔枝林也得到彻底地整治和改造。整个公园种满了名花异草，大小水泥路四通八达，外形各异的路灯熠熠生辉。荔枝公园已成了人们休憩的好地方，这就无怪乎大家交口称赞市政府为民做了一件大好事了。

　　荔枝公园周围都是居民区，每当傍晚，家家户户吃罢晚饭后，便络绎不绝地来到荔枝公园散步、谈心、小憩，以消除一天紧张工作的疲劳。因我的住地离它只有几百米之遥，得地利之先，故我更是这儿的常客，所见所闻也着实不少，有些还引起我的长久思索。

在一次复一次的漫步中，我不时发现市里的一两位负责人也夹在欢乐的人群中，只见他们也如一般人那样，谈笑风生，显得自然、平和。这时什么上下级、亲疏、尊卑都不见了。事实上，不管什么人，哪怕官做得再大，在党内，在社会主义社会里，人与人的关系是平等的，岗位不同只是工作的分工，没有高低贵贱之别。遗憾的是有些人却忘记了这一点，总要高踞于别人之上，所有事情都个人说了算，甚至动辄板着面孔训人，似乎不这样就不足以显示其地位和权力似的，殊不知这只不过是一种低级趣味罢了。我想各级的负责人如能把在闲暇散步中的心境，对人的态度和谈话的宽松气氛带回到会议桌上和办公室里，那上下级的关系，干群关系将会得到大大的改善，四化的事业也势必更加兴旺发达。

夜幕低垂，华灯初上。此时，在荔枝公园里，一对对年轻的情侣正陶醉于那美好的天地，低低地倾诉着知心话儿。他们或偎依在荔枝树下的石凳上，心贴心地交流着心声；或双双泛舟于湖上，尽情地欣赏那一幢幢华灯点亮的高楼倒映于水中的美景，享受着新时代力与美的交融。他们表现得是那样坦荡、纯洁，精神上也开阔而清新。过去长期受压抑的羞涩、胆怯的心理不见了，洋溢着的是一片神采飞扬，身处在这样的环境中，又怎么能不使人流连忘返呢？

　　人们都说，深圳青年大都有着强烈的事业心和进取精神，对现代知识的探求更是如饥似渴。那么，青年情侣是否会沉溺于爱河而不能自拔呢？对此我也曾有过疑问，然而这种疑虑被一个又一个事实击碎了，这使我从心底里感到庆幸与慰藉。

　　一天晚上，当我沿湖畔走了一圈进入荔枝林里时，感到有点儿累，便在树下的一张光滑的石凳上坐下，此时旁边的一张石凳上早已坐着一对情侣。在橘黄的灯光下，我瞥了他们两眼，只见男的中等个儿，体魄健壮，戴着一副雅致的宽边眼镜，两眼透过镜片显出一股英气。女的呢，身材适中，穿着也入时，一头浓密的鬈发在微风中轻轻飘动。我心里想，从外表上看，这倒是很时髦的一对，但不知内在又如何呢？想着想着，他们俩的谈话传到了我的耳朵里，使我兴趣油然而生。

　　"阿珍，告诉你，前几天我参加的大专自学英语科考试，成绩今天下午公布了，我取得了87分，这样我已取得了6科的及格证书了。"男的说话时掩盖不住内心的喜悦和自豪的神态，看得出他急于要把这喜悦与自己的恋人分享。

　　果然，女的听后激动地回答："是吗？那实在太好了，你真行啊！还有一门课程你不就全部达到了大专自学考试的要求了吗？到时候你可就是一个具有大专学历水平的人了，如果我也能像你那样就好了……"说着说着声音慢慢低了下去，也许姑娘被一种惭愧之情困扰着吧。

"肯定行，你的条件一点也不比我差。再说你参加你们总公司组织的电子技术培训班学习不是也学得很好吗？只要坚持下去，你的电子技术也肯定会有一个飞跃。"男的半安慰半带鼓励地说。

"你真的这样想吗？"

"是的，一点不假，难道我在你面前还会说假话吗？"

沉默了一会儿，女的又开了口："自然，学我是一定要坚持的。我也不想掉在别人的屁股后头，我也要争一口气。不过，我感到我不如你和有些人那样专心，一拿起课本就别的什么也不想了。我总情不自禁地会分神，有时不知不觉便想着与你在一起，真不知中了什么邪。"说到这儿，女的瞥了男的一眼，便有点不好意思地低下了头。

听到女的真诚表露，男的赶忙接了上去："想着跟我在一起又不是什么坏事，这是正常的嘛。老实说，有时与你分手后，躺在床上我也要回味两三天呢。问题是咱们要理智地加以克制，不应过于沉溺而冲击了事业心。"说到这儿，男的停了一会儿，然后放低声音地问："你说是吗？"

"不错，有时我也这样想，但过些日子又克制不住了，到底我的意志力不如你啊！"

"只要我们有共同的想法，事情就好办了，我相信只要你坚强一点，也一定会慢慢克制住的。现在我倒想，为了我们学习得更好，趁现在的黄金时刻多学得一点东西，今后我们暂时还是少见一些面好。不少名人先哲都说过，只要两颗心纯洁相通，是否朝夕相处那是次要的，我认为这是有道理的，你怎么想呢？"

"你的这个想法我自然也乐意接受。看来为了今后咱们的前途，我也真的要狠狠心，咬紧牙关了。我不信我就那样没出息！"

还没等女的说完，男的忽地站了起来，只见他此时激动得两颊红红的，炯炯有神的眼睛正好与女的抬头仰视的眼睛相接。就这样，他们默默地对视传情，放射出彼此心灵交汇产生出来的喜悦。过了一会儿，正当男的弯腰低头要拥抱女的时，女的"嘘"了一声，用手轻轻地指了指旁边，于是我便赶忙走开了。在路上刚目睹的那美好的一幕引起了我的沉思。我想，这对恋人所表露的美好情怀，不正是特区青年既热爱生活，又懂得应该如何去生活的真实而鲜明的写照吗？这是多么可爱的特区的新一代啊！

在荔枝湖的西畔，有一处铺满大小鹅卵石恰似大海海湾的地方。在鹅卵石中间，安放着一些形状各异的巨石。风过处，湖水拍打在巨石上，发出潺潺的音响，仿佛奏出一个个醉人的音符。鹅卵石旁边，有两座人造的小山包。山包上种满了一种美国草。这种草密密的、软软的，连成一片活像一张碧绿的大地毯。傍晚时分，人们都喜爱三三两两地在这儿聊天，或坐或躺，沐浴着从湖面吹过来的阵阵微风，凉浸浸的，使人顿觉心情舒畅，不失为一种美的享受。

在靠桥边山包的一角，每天晚上都有一群人围坐在草地上，有男的，也有女的。他们谈笑风生，气氛热烈。原来这些是某报社的编辑和记者。他们紧张工作了一天后，吃过晚饭，便散步到这儿乘凉。久而久之，习惯成自然，这儿便成了这班人聚谈的地方，俨然成了一个室外沙龙。这个"沙龙"没有固定的主持人，每天晚上的成员也有变动，大家无拘无束地自由发表意见，相互介绍一天的所见所闻和遇到的新鲜事，有时也谈到特区和新闻改革的问题。我由于过去与他们中的大部分人共事过，一起"战斗"过几个春秋，彼此熟悉了解，所以也不时成为这个"沙龙"的一分子。在这里，大家畅所欲言，开怀欢笑，真正表现出人自由自在的本性。记得明代东林党首领顾宪成撰写过一副对联曰："风声、雨声、读书声，声声入耳；家事、国事、天下事，事事关心。"它形象生动地道出了当年东林书院的读书讲学情景和东林党人的政治抱负以及处事态度，字里行间流溢着一股勃勃英气和积极进取的精神。联想到时下特区自发冒出来的各种沙龙，其境况也是值得欣喜的。不过，我想，一方面如果能把人们在自发组成的沙龙中所表现出来的坦诚、开放精神和关心渴望特区更加繁荣兴旺的心境带回到各自的工作环境中去；另一方面我们的各级负责人，如果也能以平等的身份，适当加入人们这种自发的活动行列中来，那么，对于形成我们党所倡导的"又有集中又有民主，又有纪律又有自由，又有统一意志，又有个人心情舒畅、生动活泼，那样一种政治局面"是很有意义的。"天下无难事，只怕有心人"，我相信这种局面是一定会出现的，只不过时间的早晚罢了。

时间在一分一秒地过去，夜色也在逐渐地加浓，游人也渐次稀疏。在离开前夕，我再次回首四望整个荔枝湖，发现它在星光熠熠的夜空笼罩下，随着风之轻扬，被赋予伟岸而秀美的投影，它凝视着特区的兴衰荣辱和周围世界的变迁。这种感觉油然地在心中凝聚，在心中荡漾，在心中燃烧，我深情地企盼，这种感觉永远不会消失……

创造英雄业绩的人们

——特区管理线建设工程散记

　　深圳经济特区与宝安县（现为深圳市宝安区）的交接地带，西起南头安乐村海边，东至大鹏湾畔的背仔角，中间穿越连绵起伏的崇山峻岭和丘陵，新建了一条全长 85 公里的巡逻公路，沿路外侧竖起了高 3 米，采用预制钢筋栓砼立柱的铁丝网。从高处远远望去，宛如一条奔飞飘动的白玉带，煞是壮观。这条白玉带连接着分布在不同地点的 6 个联检站、29 个公安检查站和 20 处武警营房点以及其他的附属设施。这就是受世人瞩目的深圳特区与非特区的管理线综合建设工程。这项工程是在新的时代、新的历史发展时期中，贯彻"新事新办、特事特办"精神的产物，是成千上万特区建设者辛勤劳动创造的结晶，也是我国人民祖祖辈辈自强不息、艰苦创业精神的继承和发扬光大。在建设过程中，它孕育了一项又一项的英雄业绩，紧紧地牵动着人们的心灵。它不仅以其特有的神秘色彩使人向往，更以其宏伟、壮美和建设的高速而备受大家的赞扬。

在这项综合工程的建设过程中，我曾经到过各个建设工地。最近，我又一次沿线走了一趟，目睹了一个个热火朝天的劳动场面。

一

现在就让我们从特区管理线的南头联检站说起吧。这个联检站位于特区西端，是通往广州公路的必经要口。联检大楼高3层，建筑面积近9500平方米，在进出口处有4个检查大厅，与大楼相连的是6条进出车检道。整个联检站布局合理，美观大方。自1983年8月管理线试行管理后，这儿已变得相当热闹。据统计，平均每天进出车辆达5000多车次，这是多么吸引人的数字啊。如今，在联检站的外面，一条新建的街道已成闹市，街的两旁高楼林立，各式酒楼商店竞相开业。入夜，霓虹灯大放光彩，一派繁荣兴旺的景象。

然而，又有谁会想到，这联检站及其周围一带，原来竟是一片杂草丛生的荒滩野地呢？更使人难以相信的是，一座建筑面积9000多平方米，施工要求又较高的联检站主体工程，仅用了4个月就完成了，且质量完全达到设计的要求，其速度不能不使人赞叹。那么，创造出这一业绩靠的是什么呢？回答是：一靠工程技术人员和广大职工的主人翁责任感和智慧，以及日夜忘我奋战的巨大干劲；二靠实行新的管理体制。二者互相配合，互相促进，使建设速度节节上升，突飞猛进。

还是在1982年秋初的一个上午，我来到了刚破土动工不久的工地。当时十六冶三公司的建筑队工人正在进行基础开挖工程。只见有的工人戴着安全帽，有的干脆光着脑袋，大都只穿着短裤，赤着胳膊，头顶烈日手持钎镐猛干着。他们浑身汗淋淋地站在齐腰深的基坑里，从朝霞满天的清晨，一直干到夕阳西下的黄昏，每天劳动十几个小时。

"你们这样干不感到累吗？"目睹这情景，我禁不住问离我最近的两个大小伙子。

"怎么不累呢？我们又不是用特殊材料造出来的。"其中一个小伙子率直地回答，说完还笑着看了旁边的伙伴一眼。

"累，怎么不歇一歇呢？"我又追问了一句。这时，另一个小伙子抬起头来，深情地回答说："'时间就是金钱，效率就是生命'，不是特区的口号吗？现在我们也是特区建设的一分子了。为了早日建好联检大楼，形成特区的管理态势，我们吃点苦算得了什么！"

听了这两位青年工人发自心灵深处的话，我油然而生出崇敬之情。

我们正谈着，从基坑的另一头走过来一个已过盛年的老工人。经小伙子介绍，原来他就是远近闻名，连续被评为省、市和冶金战线劳动模范的梁八根。只见他穿着一套破旧的工作服，满身泥水，中等个子，身架子还有点单薄。但古铜色的脸庞却显出刚毅的神色，两眼炯炯有神，额前几条深深的皱纹，则是他几十年来走南闯北，久经风霜的印记。

提起梁八根，他的名字也有点特别。他在家排行第八，从小身体瘦弱，双亲便给他取名叫八根。别看他貌不惊人，但干起活来，却有一股猛劲和韧劲，很多龙腰虎膀的小伙子都不及他。他 17 岁便从事泥水工活，年复一年，积累了丰富的经验，终于成长为十六冶三公司的模范施工班长。

梁师傅性格内向，平常少言寡语，总爱在脑子里琢磨问题。在困难面前，在关键时刻，他总是挺身而出，因此在群众中有很高的威望。就拿这个班承担联检站的水磨地面铺砌这件事来说吧。当时由于面积大（2000 平方米），时间短，限期 26 天完成，加上天时近冬，气温低，如果按常规作业，打压过早地面裂缝下沉，打压过晚又坚硬难磨。怎么办？这时有些青年工人沉不住气，灰心了，领导也很焦急。但梁师傅却不急不躁，胸有成竹。他经过在现场作业的细心观察和一次又一次的试验分析，根据当时的气温情况和材料的性能，以及施工机械的特点，终于摸索出这项施工工艺的规律，制定出采用分层工序的作业方案，从而保质保量地按时完成了任务。事后人们赞扬他，他却连连摇头说："这是集体的智慧，大家共同努力的结果，怎么能算到我个人头上呢？"简短的几句话，显出他那崇高的精神境界。

梁师傅还有一个特点，对班里的青工要求十分严格。特别是在施工质量上，有谁想从中马虎一点，他可不会轻饶。据说前些年，这个班在内地施工作业，有一次在一项工程的浇灌水泥中，由于有两个小伙子粗心不负责任，浇灌后的水泥柱有气孔。老梁发现后把他们批评得哭了，他们还难过得一天没吃下饭。他们后来吸取了教训，就再也没有出现过质量事故。但他对青工的爱护又有着一颗火热的心，时时处处向他们传授技术，大家在他的指导下工作，进步都很快。他常说："社会主义建设事业是大家的事，绝不是靠一两个人的力量就能办好的。培养青年工人更是我们老工人的职责，我应该把队伍带好。"正是由于他时刻言传身教，所以青工对他的感情都很深，亲切地称他为"我们的老班长"。在他的领导下，这个班年年荣获先进集体的光荣称号。

二

南头联检站工程动工后，我在工地上见到了郑天福工程师。当时他正与一群施工队的工人围蹲在一起，研究着什么问题。只见他脸庞晒得黑黑的，身上穿着一件旧 T 恤衫，脚上的旧凉鞋满是泥巴。如果不是别人介绍，我压根儿看不出他是位工程师。

郑工程师为人朴实、随和，外表并不像有些知识分子那样文质彬彬，但对技术设计的知识比较丰富，且很有胆识和见地。1964 年他从包头铁道学院毕业，学的是桥隧专业，后分配到吉林铁路局设计处工作。1965 年因北京地铁建设的需要，他又借调到那里负责工程设计。北京地铁完成后，他又到了新的岗位工作。总之，十多年来，他一直东奔西走，哪里需要就到哪里去，从不计较个人的得失。1982 年，因为特区建设的需要，他又毅然应聘来到了这个陌生的南国边城。在他报到前，有些工程技术人员由于考虑到特区管理线建设工程指挥部是个临时单位，不愿意到那儿，但郑工二话没说就去了。拿他自己的话说："管他临时不临时的，到哪里都一样，只要能有出力的地方就成，况且我一直'临时'惯了。"他只有一颗尽力为特区建设添砖加瓦的心，所以刚放下行装，便一心扑到工地上去了。但他的确没有料到，一迈进这个新的工作环境，便面临着一个严峻的考验——对于联检大楼的基础要不要打桩，设计单位与施工单位的看法发生严重分歧。对于这样一个重大的问题，他作为管理线建设工程指挥部派驻的代表，是不能回避的，该怎么办呢？

郑工心想："为了工程能马上动工，不打桩当然最好。一打桩，整个工期一定要拖长，但不打桩可能会影响工程质量，如果带来什么后患，不就事与愿违了吗？"

为了找出可以不打桩的科学根据，他跑遍了宝安的有关单位，搜集有关联检站所在地一带的地质、地貌和水文等资料，又同施工单位一起到现场反复进行仔细、深入的调查、分析和试验，掌握了大量的第一手材料，终于提出了不打桩而采用扩大基础施工的方案，大大缩短了施工期。事实是最好的见证，现在，南头联检大楼早已竣工，屹立在特区的主要通道上。事后，施工单位不少人都说："看不出，这个新来的郑工，还真有两下子哩！"

何止两下子！郑天福对特区管理线建设工程的感情，是很难用文字来形容的。可以毫不夸张地说，他到特区后，在办公室工作的时间最多只占四分之一，大部分时间都在工地上了。他家住在市内，离工地有近30公里。每天，天刚亮，他就出门上路了，晚上回家常常饭菜都凉了。有时，他爱人嗔怪地说："你就不能早点回家吗？谁有时间侍候你哩。"他温和地嘻嘻笑笑就过去了，可以后仍然是老样子。爱人对他这种对工作的憨劲实在没有办法。

去年有一次我随市里组织的检查组到管理线检查，在白芒联检站停留时，我发现该站生活区的一个水塔建得有点特别，便好奇地打听到底怎么回事，没想到却意外地获悉到下面这样一段故事。

本来，白芒联检站的水塔，在设计上是符合标准的。但负责施工的队伍由于过去是从事打井作业的，不熟悉建筑工程技术，加上队里有些人心术不正，偷工减料，水塔的四根钢筋混凝土立柱的钢筋数量，比设计要求少了三分之一，以致水塔头重脚轻。这时水塔工程已进入后期施工阶段了。一天，郑工因事到该站联系工作，凭着他多年的经验，一下子敏锐地发现了这个问题。

"停止作业，马上停工！"郑工对施工队提出。

"为什么？你凭什么要我们停工？"施工队的负责人不服，气势汹汹地顶回去。

"施工不符合质量要求，就得停工。四条钢筋立柱不按设计标准办，将来会出事故的。你们难道没想过吗？"郑工义正词严，说得施工队的负责人哑口无言。

施工队的负责人见硬的不行，便转而用软的。他笑嘻嘻地说："对不起，刚才声粗了点，实在不应该。

算了，犯不着因这事怄气。你又不是这项工程的设计人员和质量监察员，何必这样认真呢？只要你高抬一下手，我明天请你饮茶。"

郑工听了这话，直气得脸都变成紫红色。他更加严肃地对施工队的负责人说："你们别来这一套了，搞这种名堂就更错误了。要求停工，不是由于我与贵队之间的关系。我们每一个参加工程建设的人，都应抱有对国家对人民负责的态度，否则是问心有愧的。"

然而，事情并没有就此结束。此时已临近1983年的农历春节了，一些保质保量超额完成施工任务的施工队都纷纷准备收拾行装回家过节。一天深夜，圆岭居民区的万家灯火早已熄灭，家家户户已进入梦乡，但此时的郑工程师还伏在办公桌子前，正聚精会神地审阅着设计图纸，两眼布满了血丝。

"砰！砰！砰！"突然传来沉重的拍门声，划破了夜的沉静。

郑天福打开门，不等招呼，四个彪形大汉便怒气冲冲地闯进门来。一见面就吼道："姓郑的，你不要存心与我们过不去！不然有你好看的。你不让我们回去过春节，我们也绝不会让你过好这个年，你就等着瞧吧！"有两个人还手握拳头，大有要把郑工痛打一顿的架势。原来，这几个不速之客是白芒联检站水塔工程施工队的。他们知道郑工已把该工程需停工的意见向上汇报了，恨得竟耍起流氓手段来了。

但郑工并没有被这种意外的威吓场面所吓住。他平静地向来人说："你们有意见到会上去说，不要到我家来闹。闹，是解决不了问题的。你们打死我，我也绝不会改变我的态度！"

几个人闹了一阵子，眼看不会捞到什么好处，只得灰溜溜地走了。

那么，这事结果如何呢？建设指挥部、市质量检查站和省设计院接到郑工的报告后，组成联合检查组到现场检查，证实郑工的意见是正确的。同时还采纳了他提出的水塔上面的蓄水池停工、先采取对四条立柱加固的做法，从而使水塔保质建成。

三

特区的主旋律是意气昂扬，奋发向上的。然而组成这以高速度和高效率为其特色、带有神话般色彩的英雄乐章的音符的，不正是梁八根、郑天福以及无数的特区建设者吗？他们那种千帆竞发、开拓前进的精神风貌，不仅在特区管理线综合工程的6个联检站建设中可以看到，而且在巡逻公路的建设中，更加使人振奋、感动和神往。

说到巡逻公路，它从西向东横贯整个特区的边缘，全长 85 公里。其中新建路 70.4 公里，路基宽 7 米，路面宽 3.5 米，大部分铺上块石。块石一块连一块，连绵不绝，铺得十分整齐。整条公路风景秀丽，路两旁时而是碧绿的原野，时而是重叠的峰峦，气势雄伟。走着走着，你会感到前面两峰夹峙，横挡住去路，但一到面前，却又峰回路转。中间还有一些村庄、农舍和水库，每当清晨或黄昏，从村子里升起缕缕炊烟，隐隐传来牛马的嘶鸣和山泉的淙淙声，你会立时感到：好一幅田园美景！但最使人陶醉的还是站在公路的最高点——山猪垭口处远眺下望。在这儿可以看到深圳湾、香港元朗和深圳市区。入夜，远望市里无数的灯光，犹如群星散落地面。

这样一条巡逻公路，建设量有多大？请看：仅所用土石方就达 288 万多立方米，路基防护和排水工程近 4.5 万立方米，路面块石 22 万多立方米。同时需建大小桥梁 20 座，涵洞 370 多座。此外，沿路外边线架设铁丝网，所用预制钢筋砼立柱每隔 3 米竖一条，还要架设高压供电线路和通信电缆。有人曾经估算过，这样一项综合性的、浩大而又复杂的工程，如果在平川建设，按常规也得 3 至 5 年才能完工。但现在这项工程的大部分路段，恰恰需穿越终年不见人烟的高山峻岭，地形十分艰险。国家却要求必须在两年内建好。现在，事实已经做出了最有力的回答。连国家有关部门和省市的负责同志前去视察时，也一致交口称赞。

那么，这样的英雄业绩是如何创造出来的呢？

要在连绵起伏的崇山峻岭中修建公路，首先遇到的一个问题是定线测量勘察。由于宝安过去是一个地处边陲的小县，各方面都较落后，不用说水文地质、生态地貌等资料十分缺乏，就是要找一张1∶2000的地形图也很困难，一切都得从零开始。而且此次任务与平常不同，最突出的是时间紧迫，勘察工作不允许像在内地时那样，等各方面的准备工作做好后，才从从容容地进行。这不，当勘察工作还未全面铺开时，市里组织的施工队就已在整装待命了。这就难怪事后有位参加过这工程勘察的技术人员告诉我："在未来特区前已听人说到这里工作、生活节奏快，效率高，这回我算真正尝到一点滋味了。不过，这段经历，将在我一生中留下难忘的记忆。"相信有如此感受的人，为数还不少呢。

市勘察测量公司的两个勘察测绘队于1982年3月初正式开赴现场，全面铺开巡逻公路的定线测绘工作。前后花了半年多的时间，便胜利完成了这项繁重的勘察任务，其中包括1∶2000的巡逻公路沿线带状地形图、公路定线测绘图、1∶500的各个联检站和武警营房地形测绘图的制作，还有为上述勘察任务而做的大量控制工作，从而为整个巡逻公路的工程设计提供了科学的依据，这样的速度在其他地方是不可想象的。

　　然而，这些成果的背后，我们的勘察技术人员付出了多少辛勤的汗水和多大的代价啊！这绝不是能简单从数字上看得出来的。就拿坚持在高山之上进行测量这一点来说，巡逻公路所穿越的高山，有的上下高差达200多米，树林密布，灌木丛生，不时被水汽和云雾所笼罩，过去从没有人到过，所以连一条羊肠小道也没有。测量队员只能趴着爬上爬下，稍有不慎，还有跌落百丈山崖的危险。但他们硬是背着干粮袋，一步一爬，一刀一刀地从荆棘、藤蔓和杂树中砍出一条测量线路，勘定出洒满汗水的公路中心线。这种忘我献身的精神多么叫人感动啊。

四

　　在荒原野岭、崇山峭壁之间修筑巡逻公路，完成勘察只是攻克的第一个难关。建设过程中，难以想象的问题接踵而来，给建设的英雄儿女们带来了严峻无情的考验。仅仅是克服环境和生活上的困难，也是很不容易的。

　　水，是人们生活中不可缺少的，又有谁会想到这却成了巡逻公路建设中的拦路虎呢？由于工地大都在大山中，离水源较远，民工吃用水只能靠人工，到山下几里外甚至十几里外的地方去挑，或用简陋的水车拉，一趟来回就得一个多小时，这就自然而然地出现了滴水贵如油的局面。民工们白天在烈日下干了一天的活儿，满脸尘土、周身汗水，晚上也没有水冲洗，只能用湿毛巾擦一擦。一些青年民工风趣地说："过去在电影里看到不少这样的场面，剧中人为了找水而伤透了脑筋，以为那只不过是演戏而已，不可信。没想到，现在我们也成了地道的旱鸭子了。"平时，天下大雨，人们都赶快找地方躲避。而现在工地上的民工，却一个个跑出来，任由雨水冲洗，觉得痛快极了。

"嘟！嘟！嘟！"从简易伙房里传出了哨子声，民工们放工吃饭了。有两次我正好碰上开饭。我心想，大家这样辛苦，一定吃得不错吧。但当我走进工棚宿舍时，不禁大吃一惊，只见一个个民工手捧着的大碗大米饭上只有几根咸菜。原来，由于工地周围都是连绵起伏的大山，交通非常不便，这就使民工队的物资采购困难，常常不得不以咸菜下饭。

一开始，并不是所有的职工都能经受住这一考验，少数人牢骚满腹，个别人甚至离队而去。然而，当绝大多数人一旦真正明白了兴建特区管理线这项综合工程的意义和它对特区未来发展的作用时，大家也就坚定地留下来了。一次，我就此问题问过中建深圳经理处的一个班组。他们的负责人回答说："眼下，我们在这里施工，生活的确是艰苦的。但人总是得有点精神的，也是能适应环境的，如果碰到困难就退缩，还算什么社会主义的工人呢？"一席话道出了职工们的心声，引起我长久的思索。

五

整个巡逻公路工程的建设，最艰巨而又最动人的有三段。这三段各有特点，都值得向读者介绍。

先看山猪垭口这一段。从垭口向前后各伸延 5 公里，都是大山区，而垭口所在的山峰，是梧桐山脉除主峰外几个较高的山峰之一，海拔 800 多米。由于梧桐山脉是由侏罗纪火山岩（包括凝灰熔岩、石英斑岩、流纹斑岩）构成，岩体坚硬，抗风化力强，故山体脊尖坡陡，地势险峻，如山猪垭口的山峰，坡度就超过 45 度。在如此陡峭的山峰上开山修路，可见其艰险。此外，在公路必经的垭口，有一座全是石头构成，高 10 多米、纵向 20 多米的陡壁，垂直横挡着路的走向，要通过，就得把这座陡壁搬掉，其代价可想而知。

负责修建这一路段工程的是中建深圳经理处。该处下属的施工队，原为中国建筑工业部石方公司石方大队。这是一支久经沙场的队伍。1961 年以前，这支队伍在西北兰州参加黄河刘家峡水电工程建设，担负建水电站地下厂房和输水洞以及溢洪道等重大工程的施工任务，为加速黄河上游流域的经济发展做出了贡献。随后，这支队伍又带着满身征尘转战海南岛，参加榆林港的建设，为开发建设宝岛立下了功劳。在1979年到深圳前，粤北的封开和乐昌山区，以及广州的白云山下，都留下了他们的足迹和辛勤劳动的汗水。这个石方大队，20多年来，在他们的老队长张家斌技师的率领下，哪里困难，哪里需要就到哪里去，充分表现出中国工人阶级的英雄本色。正是这样一支队伍，到深圳后，又毅然承担起巡逻公路最艰苦地段的施工任务。

在施工过程中，我曾访问了老队长张家斌技师。虽然他已不再担任施工队的队长了，在该处工程技术室负责技术工作，但人们还是习惯亲切地称呼他为"老队长"。他是具体负责这段工程建设的技术指导的。

张技师今年已64岁，国字脸，面色黑红黑红的。在他的身上至今还保持着我国北方老工人那种憨厚、纯朴和率直的品质。他说话没有半点遮拦，当说到高兴处，神情显得坦然开朗，嘴角也露出笑容，一下子便使人感到这个人很好亲近。

"张技师，你对这次施工有什么感受？"

张技师沉吟片刻，回答说："说真的，修这条巡逻公路，并不是我一生中最困难的事，比这更难啃的骨头过去也碰到过。但这回施工，又的确有它的难点，因为是在多年人迹不到的高山上作业，机械发挥不了作用，这是较伤脑筋的。"

"那么，你们一直都是靠手工操作的吗？"

"当然不是，如果是手工操作，那就不会有后来的高效率了。"

于是，张技师向我介绍了施工中的一些情况。原来，一开始开山挖土凿石，都是用人工操作的。虽然民工们夜以继日地坚持三班倒，但进度却很慢。而市里要求路基必须在 4 个月内完成。怎么办？张技师与经理处的负责人到现场研究来研究去，最后决定还是要让推土机上山。他们先用人工把树和灌木砍掉，从山下向上开出一条临时便道，然后向外单位租用一台推土机试试。没想到这位司机把推土机开到现场后，到山上看了看，吓得舌头伸得老长，只说了句："这可不是闹着玩的，我家里还有老婆孩子呢。"便头也不回地跑掉了。

难道就此作罢了吗？不，张技师绝不会被这困难所吓倒。他同队里的一位熟练驾驶员商量，反复研究后定出推土机上山的方案。

那天一大早，推土机试车上山了，周围围满了民工。他们都捏着一把汗在屏息观望着。

"哒、哒、哒……"推土机开动了。当它爬到陡坡时，只见履带一半压在地面，一半却悬在空中，这时只要失去一丁点儿平衡，推土机便会连人滚落下山。

"真险哪！"人们不约而同地低语着。然而，推土机正是冒着这样的危险，一点点地开上山的，从而也就确保了在 4 个月内胜利完成路基的修筑任务，共开挖土石方 47.5 万多立方米。

那么，上面提到的那座横挡着公路走向的石头陡壁又是怎样搬掉的呢？开始的时候，也是用人工凿孔进行爆破的，但同样有如蚂蚁啃骨头，太慢了。于是张技师经细心观察分析后，提出改用空气压缩机配合风钻的方案解决。空气压缩机上不了山，他们就采用好几百米长的橡皮管从山下向山上的风钻送气。这个办法堪称是这项施工中的一绝。

在中建深圳经理处，只要一提起张家斌技师，人们便啧啧称赞。大家尊敬他，是因为他几十年来转战南北、为社会主义建设所做出的贡献。他一辈子同石头打交道，在困难的环境中度过。抗日战争时，他刚二十出头，便开始在宝兰铁路线上参加隧道工程建设，开始了开山破石的生涯。中华人民共和国成立之初，在北京官厅水库工地，他被评为劳动模范，受到了表彰。此后，几十年过去了，他风里来，雨里去，一直未能与家人在一起生活，连逢年过节基本上都是在工地度过的。他常说："一个人能同妻子儿女在一起自然好，但如果因此贪图安逸、消磨意志我可不干。"张技师就是这样一个把整个身心都扑在工作和事业上，具有很强的自制力的人。

不过，人们尊敬张技师，还有着另一层的原因，那就是他靠顽强的毅力，走过了一条自学成材的道路。

当我第二次同这位长者见面时，我问他："张技师，你开山破石真有一套，年轻时是从哪个大学毕业的？"

张技师眯着眼，厚厚的嘴唇张了张，微笑着回答："你看我像上过大学的吗？"

当我正在揣摩，他看了看我脸上的疑惑表情，又对我伸出四根手指。

"上过四年大学！"我信口说。这时张技师哈哈地笑了起来，连连摆着手："不！别说上大学，过去就是连上中学也不敢想。我只上过四年小学。"

原来，张技师祖籍河南，在那兵荒马乱、民不聊生的年代，家里咬紧牙关才让他上了四年小学。后来，为了维持生计，他便出外当学徒，从此与学校绝缘了。

中华人民共和国成立后，翻了身，他焕发出一股澎湃的激情，工作的劲头就别提有多大了。但他慢慢地也感到搞建设没文化很吃力，单就不会看施工图纸这一项，就常使他感到头痛，觉得有劲使不出。于是，他便决心下功夫学文化，坚持利用工余时间学习，学认字常到深夜。在这基础上，他进一步结合施工实践，自学中学数学。后来，他又钻研更深的《爆破工程学》。

老天不负有心人。张技师正是这样几十年来孜孜不倦地在知识的海洋里探求，一步一个脚印地向前奔，终于成长为工程爆破的行家里手。

六

巡逻公路东段的盐田坳，也是施工中的一块硬骨头，但它与山猪垭口的一段不同。这儿的山峰虽然只有海拔 500 多米，但由于地下水从山里向外冒水，施工一挖就垮，不是塌方，就是滑坡。这可急坏了负责这路段施工的十六冶二公司的干部和职工。然而困难吓不倒英雄汉。他们及时地层层召开诸葛亮会，发动大家出谋献策，终于通过增建涵洞、挖排水沟、砌挡土墙、打混凝土以及运进铲运机拉淤泥等措施，制服了这个"老大难"路段。实践又一次证明，群众的智慧和力量是无穷的，特别是在"拓荒牛"精神的鼓舞下，更加无坚不摧。

为了进一步调动干部职工的积极性和创造力，加快工程的进度，这个公司实行工程承包责任制，按预算定额包给工人，打破分配上的"大锅饭"。结果工时利用率高，工效成倍甚至几倍地增长。例如单就用铲运机推运土石这一项来说，原来每天每台拉二三十车，承包后最高的达到一百多车。隆隆的机声响彻群山峡谷，从黎明直响到深夜，其情景实在壮观动人。

也许有人会说，实行工程承包责任制算得什么呢？的确这种做法今天在整个特区基建的工地上已经全面开花了。但是请别忘记十六冶二公司在实施这套做法时，是在1981年啊！从时效的观念上看，应不失为一种大胆的创造。

在修建盐田坳路段的日日夜夜里，同样出现了许许多多的动人事迹。有人整天挥舞着大锤，手心起了血泡，虎口震裂流出鲜血，仍不肯休息一下；有人因过度疲劳而昏倒在地，当他苏醒后，不顾伙伴的劝阻，抢过工具又立刻干起来；有人家人病危、去世，家里接连发来急电催回家，但他们只回封信解释，仍然坚持战斗在工地上；有人为了工程的早日竣工而一次又一次地推迟婚期……总之，巡逻公路的修建，正是依靠广大干部职工和技术人员争分夺秒的埋头苦干和生气勃勃的创新精神，才赢得了较高的速度和较好的质量而为世人所注目，在特区建设之歌中，谱上一个又一个动人的音符。

七

前几年，有些人对特区发生一些误解。在他们看来，特区的建设者一切是为了钱，而思想上社会主义和共产主义的气味都没有了。在特区管理线综合工程的建设中，从指挥部的指战员到下面的干部、技术人员，从工程的破土到竣工，始终与勘察、设计和施工的人员战斗在一起。别人身上有多少泥水，他们身上就有多少泥水，然而他们并没有什么特殊的报酬和补贴。这且不说，在长达两年多的时间里，他们中有不少人就压根儿忘记了有星期天，连一分钱的加班费也没有申领过。这难道不是一种高贵精神的闪耀吗？在各个建筑工地上，又有那么一些施工队，在投资建设的资金一度困难，接连几个月没有领到工钱的情况下，却仍然埋头奋战在工地上。这难道不是一种顾大局、识大体的思想表现吗？下面就让我们来看看巡逻公路最西端的一段建设情况吧。

这一段路基濒临深圳湾。如今，站在已经建设完成的公路最末端，眺望着大海澎湃的波涛和星星点点的渔帆，耳边传来万吨巨轮的轰鸣，近处海滩上还有三三两两的海鸥在嬉戏觅食，确是别有一番诗情画意。

然而，修建这一段路基，负责施工的十六冶二公司，却付出了不少代价。

在海滩上修路基，必然受到大海涨潮的威胁。退潮时填好的土方，一到涨潮时便被波涛卷走了。如此一来，将大大增加工程量，公司收入便受损失。怎么办?

最简单的办法,是在海滩上填块石,筑一条石路。但这样国家便要大大增加投资。为了解决这个难题,公司各级分别召开研讨会,终于取得了一致的认识:宁可公司经济上受些损失,也不让国家增加投资。为了防止海潮卷走泥沙,他们决定集中机械和人力,实行多填土方,与涨潮比速度。

方案一经定下来,说干就干。在一段时间里,昔日荒凉的海滩热闹极了,运泥车、推土机、压路机的轰鸣声连成一片,从早到晚响声不断。它们与民工们的号子声相伴和,合奏出一支雄壮、威武的旋律。此时的整个工地,用"意气风发,精神振奋"八个字来形容是最恰当不过了。而这一切是很难用"一切为了金钱"来解释的。

在特区管理线综合工程的建设中,英雄的武警七支队的指战员们也做出了突出的贡献。他们承担了从盐田到背仔角一段十几公里的简易巡逻公路的施工任务,整条管理线的通信电缆也是他们铺设的。这两项工程都时间短、任务重,也较为艰巨。但他们保持和发扬了人民子弟兵的团结协作、不畏艰苦、连续奋战的光荣传统,在新时期新的环境中经受了考验,为特区的建设立下了新功。

现在,特区管理线综合建设工程已经全部竣工,正以其英发的雄姿在迎接着国家最后的验收，并且即将按照这条管理线对特区实行全面的管理。到时，特区内将实行更加开放的政策和更优惠、灵活的措施。特区又将进入新的、规模更大的发展时期。而这与参加这项浩大工程建设的英雄儿女的贡献是分不开的。

最近，我又一次行进在这条管理线上，欣赏着它的风采，回想着建设者所走过的战斗历程。是的，这条路是志气的路、创新的路。它艰险而又开阔，坦荡而又深远；它给跋涉者、观望者以考验，以鞭策，以希望；它给开拓者以慰藉，以鼓舞，以力量。

当我又一次站在最高处的山猪垭口眺望，面向着广袤的天空和大地，我仿佛看到了大鹏在展翅飞翔……

夏 夜 情 思

　　初夏的深圳，夜色是美丽的！

　　它不如西方大都市那样繁华喧嚣，也不像其他城镇那般平和寂寥。它既热闹又有秩序，充满着生气。这就是深圳夜色的独特形象。

　　入夜，漫步街头，首先吸引我视线的是那光华四射的灯海。沿街橙黄色的高强度的街灯与两旁的宾馆、酒楼、商店、娱乐场门前各色的霓虹灯互相辉映，把黑夜照得如同白昼。它们的构图、形状多姿多彩，有圆球状的，有椭圆盒式的，有的似玉兰花般含苞待放，有的仿如一朵朵盛开的梅花，还有的像一串串挂着的大珍珠。它们所发出来的光，有的红如火星，有的绿如翡翠，有的明亮耀眼，有的散发着柔和的光泽，争奇斗艳，真是美不胜收。它们不但为人间放出光，指引光明，驱除黑暗，而且使人得到美的享受。看着一排排华灯直伸向远处，在夜幕下仿佛连接天际，使人遐思，看到希望。

记得特区创办初期，到处还是一片荒凉。入夜，纵目四望，大地被浓重的黑幕笼罩着。几条破旧的小街窄巷偶尔有几盏半明半暗的街灯在风中摇曳。如今入夜的灯海与当年那寒碜景况相比，简直是天壤之别了。这不就反映出时代的发展，象征着特区人民那势不可当的前进脚步吗？

　　透过明亮的灯饰，再看街两旁密密麻麻的商店，一间接一间的时装店里，挂满了一件件各具特色的时装，真是诱煞人了。不时有三三两两的人在进进出出。别的不用说，就从他们挑选时装时那股专注神情和出门时脸上泛出的喜悦之色，便可猜想到他们此刻的心情了。的确，深圳人的生活水平大大提高了。过去那种千万人穿同一种样式，只有蓝、黑、绿色调的情景也就一去不复返了。爱美是人的天性，中华民族的人民既然有决心有能力自立于世界民族之林，那在生活上也自然不甘心也不会落后于其他的民族。这就无怪乎国外当时有些评论说，仅从中国人穿着的变化，便可看出中国十年改革开放以来的巨大进步了。当时还有些人说，深圳目前的状况，已达到香港 20 世纪 70 年代的水平。然而世人皆知，香港开埠建设已有百余年的历史，而深圳经济特区的建设才只有十年的时间啊！

　　在众多各式歌舞厅、音乐茶座、卡拉 OK 和酒吧里，又别有一番情景和热闹。只见人们或三五成群，或成双成对地坐在装饰豪华、格调新潮、音乐盈耳的大厅里，时而听歌星的演唱，时而双双相拥着步入舞池，在轻柔、优美的圆舞曲伴奏下，翩翩跳起华尔兹。生活是多么写意啊！

在卡拉 OK 厅，人们对着话筒和电视机自演自唱，充满欢声笑语。在深圳大剧院二楼的明星廊卡拉 OK 厅，我见到了一家人正陶醉其中。我问这家人：“你们常到这里吗？”

做父亲的答：“不，半月一次吧。”

“来一次每张票多少钱？”

小女孩抢着答：“人民币 50 元。”

一听，我的心里微微发颤。好家伙，一家四口，来一次就得花 200 元。于是我又问：“这样花钱，不心疼吗？”

没想到做母亲的却这样回答：“要说一张票 50 元是贵了点，但没啥心疼的。许多人都说卡拉 OK 有意思，如果不亲自见识见识，那不是很遗憾吗？”

是的，有人曾在刊物上就深圳人排长队也要去尝麦当劳说过“深圳人敢吃，一顿麦当劳吃掉十几天工资也要吃”“深圳人对‘新生事物’特别敏感，特别想试”。这是事实。但这不仅表现在吃穿玩等生活方面，而且在搞建设，进行社会改革上又何尝不是如此呢？

其实，唯其具有这种胆识和精神，我们的社会才会日益进步，改革开放事业也才会不断获得成功！

在闷热的夏夜里，我来到了深圳河边，人民新桥旁的一个建筑工地上。这时，整个工地还热气腾腾。高高的脚手架上灯火通明，直入云天的塔吊把一车车砂石水泥浆吊到十多层高的楼面上，工人们你来我往正在全神贯注紧张地劳动着。搅拌机的隆隆声奏出了开放时代高昂的旋律。这一切，使夏夜的特区新城显得更美了。在中国南天的一角，那大梦沉沉的土地上，放射出使人心驰神往的异彩。

月儿西坠，夜深沉。在市委、市政府等重要机关的大门前，都能看到武装警察在站岗。他们个个腰身笔直，向前凝视的目光坚定而刚强。在灯光下，五星帽徽和领章闪闪发亮，显得那样精神威武。他们忠于职守，在坚守岗位。我心中油然而生出一种尊敬之情，同时我想到坚守岗位实在太重要了，太高尚了。在过去的革命战争年代，正是靠着无数革命志士，不管面对着如何凶恶的敌人，遇到何等艰难，甚至要牺牲自己宝贵的生命，仍然坚持斗争，坚守岗位，才赢得革命的胜利；在社会主义建设中，也是靠着亿万人民时刻在平凡的岗位上坚守着，日夜辛勤忘我地工作着，我们的事业才日益兴旺。在工厂的车间、在建筑工地上、在医院的值班室、在口岸的检查哨、在报社的办公楼、在电信局的操作室……不是仍有不少人在自己的岗位上坚守着，埋头工作和劳动着吗？正是他们，在不停地创造出和创造着社会的物质财富和精神财富。这种时刻坚守岗位的精神无疑是值得人们尽情去讴歌的。

夜深人静，一些住宅楼宇三三两两的窗户流泻出来的灯光，更使我思绪万千。我想，此时坐在窗前灯下的，也许有科学工作者和工程师，他们面对着一道道科研难题，一张张新的设计图纸，正在凝思默想，舒展着理想的翅膀，在加紧努力地工作着；也许还有作家和新闻记者，正在构思作品和撰写报道。他们要把从社会生活中获得的素材，加以梳理，撰写成文，或把鲜为人知的事情编写成消息。夜晚的寂静往往使他们才情焕发，思如涌泉，于是得信手疾书；也许还有企业公司的经理，他们碰到了开发竞争中的疑难，正在忧心焦思，绕室踱步思谋着新的出路和对策……这深邃的夏夜，难道不足以激发人们奋发有为，精诚报国的激情吗？

是的，深圳的夏夜是美丽的、迷人的。它还必将开创出更美、更辉煌的新境界。

"锦绣中华"礼赞

　　"拓荒牛""一夜城""深圳速度""特区效率"，曾被世人赞誉为深圳特区的象征，也寄托着人们对特区的更大期望。如今，"锦绣中华"又犹如一夜之间，把神州大地的名山大川、园林胜景、各族风采和博大精深的文化，集中呈现在人们的眼前，使人惊叹迷醉，促人奋发。深圳人又一次创造出不同凡响的业绩。这不仅是深圳特区的骄傲，同样也是整个中华民族的骄傲！这是我第一次游览"锦绣中华"微缩景区所得的最深印象。

　　我赞美"锦绣中华"，这神州古国优秀文化的集大成者。在这里，既有天安门故宫和布达拉宫的巍峨雄伟，在岁月的流逝更替中，泼洒时代的风云，凝结着历史的沉思，也有苏州园林和杭州西湖的玲珑隽秀，使人尽情去享受那生命的沉醉和欢欣；既有长江三峡和贵州黄果树瀑布的神奇险峻，似乎要在天地间奏一阕阳刚之歌，也有如诗似画、清澈透明的漓江山水，散发出恬静安谧的波光。在这里，既有孔府这代表着我国源远流长的古代儒学思想的诞生地，至今还"惜逝忽若浮"，也有敦煌莫高窟那气象万千、辉煌灿烂的奇特石刻，展现出谜一样的画卷。在这里，不仅有声名远播、经久不衰的佛道文化，更有各民族丰富多彩的礼仪盛典和习俗风情……的确，"锦绣中华"不愧为地大物博、人杰地灵的神州文化知识库和历史之窗。

我赞美"锦绣中华"，这中华民族气魄、意志和力量的象征。世界八大奇迹之一的万里长城，在崇山峻岭中蜿蜒起伏，一望无边，显示出中华永恒的精神。在古代交通相对闭塞的境况下，创造出这使举世震惊的奇迹，没有博大的胸怀和坚忍不拔的意志能做得到吗？这样的民族能没有力量吗？

我赞美"锦绣中华"，这艺术的宝库、美的化身。看吧，金碧辉煌的宫殿、庙堂和祭坛，是我国古代建筑艺术的结晶，无不表现出刚健的美，而那林林总总的名山、石林、奇峰和湖海，虽是不加雕凿的大自然造化物，但把这些"大地钟灵秀"人为逼真地浓缩再现，不失其本色，没有高深的艺术造诣是实难想象的。至于那风采各异的名楼、古塔、石拱桥、大佛和道观名刹，它们的结构布局，不仅饱含着建筑上的科学精髓，更表现出艺术上的匠心独运，使人不知不觉进入崇高的美的境界。

我更赞美"锦绣中华"，这深圳速度的有力体现。当年深圳特区在南国边陲这块荒凉寒碜的不毛之地，仅用了不到十年的时间，便建成了一个以外向型经济为主，初具规模的现代化新城。"锦绣中华"的建成，就是这种速度的体现。在国外，要建成如此规模的微缩景区，一般都得用五年甚至更长的时间，而"锦绣中华"的诞生，从设计规划到施工落实，仅用了两年的时间，便以那特有的雄姿和风格，屹立在特区的土地上，从而为"深圳速度"增添了新的骄人的一笔。

我更赞美"锦绣中华"，这深圳人开拓、创新、勇于进取的无声代言人。想当年，万千的特区建设者从祖国的四面八方涌来，在资金缺乏、原料不足、设备落后、知识赶不上趟儿的困难情况下，硬是凭着自己的智慧和勤劳的双手，使理想的蓝图在不断地变为现实。"锦绣中华"的开发者继承和发扬了这种传统，在近年由于受到国际大气候的影响，特区的经济和旅游业遭遇暂时困难的情况下，不信邪、不怕鬼，独具慧眼和胆识，发扬开拓创新的精神，又在昔日无人问津的海滩山坡上，创造性地开发出别开生面的旅游胜地，在开业不到半年的时间，就接待了200多万中外游客，又写下了特区经济发展的新篇章。

是的，"锦绣中华"是美的，在其怀抱里到处显示出无穷的创造力和生命力。入夜，在五光十色的灯火映照下，天上人间仿佛连成一片，整个儿变得更流光溢彩，美不胜收。这就是在特区土地上新冒出来的一颗璀璨夺目的明珠，这就是深圳人创造的一幅人间仙境图。

石 岩 漫 记

　　从深圳市区往西北方向约 40 公里，有一个石岩湖；离湖不远的玉律村前，有一个温泉，是旧时宝安县的八景之一。中秋前夕，我有幸前往，饱览了那绮丽动人的湖光山色。

　　这天一大早风和日丽，我与两位同事便驱车来到目的地。面积达 3600 亩的石岩湖，在周围的青山拥抱中，静静地躺在那儿，湖水清澈带绿，湖面也没泛起半点涟漪，俨然是一面天然的大镜子；附近的绿树、峰岩和建筑物，一一倒映其中，形成一幅宁静、清雅的图景。

　　到了中午，天上刮起了四五级风，还下起阵阵细雨，当我再次来到它的身边，看到的却是另一番景象。起初，湖面泛起轻柔的涟漪，卷起白色的浪花。慢慢地，湖水被风掀起，形成一个接一个的怒涛，劈头盖脸地向湖岸叩击，停靠在湖边的游艇也在浪里一上一下地颠簸。这时，放眼远望，风夹着雨，雨和着浪，整个湖形成了一派烟雨迷蒙、波涛沸腾的境界，宛如一幅粗犷奔放的水墨画。

入夜，在湖上泛舟，或在连接湖心岛的曲桥上浅酌叙谈，与三两知己对酒当歌，"诵明月之诗，歌窈窕之章"，又别有一番情趣。此时，清风徐来，水声潺潺，白露横湖，水光接天，耳边隐隐传来温泉乡村俱乐部里那悠扬悦耳的音乐声，就真有如东坡居士所谓的"飘飘乎如遗世独立，羽化而登仙"的感觉了！

这是石岩湖天然浑朴的美，使人陶醉的美。

然而，还有另一种美，那就是依湖临山的乡村俱乐部和温泉浴室精雕玲珑的美。

乡村俱乐部为宝安县政府与港商合资兴办，借石岩湖优美的风景和幽静的环境吸引游客，建成后又为石岩湖增添了新的姿采，可谓相得益彰。第一期工程投资 5600 万港元，于 1981 年 2 月动工。1983 年 7 月，建成的九座小宾馆开业，其中有七座是西班牙式的，在富有中华民族传统文化特色的基础上，加以外国式建筑的风格，给人新颖、独特的感受。六座同样是西班牙式的高级宾馆亦将竣工，它们一式地建成三层高，白墙红瓦，连接在一起，显马蹄形状，静伏于山脚湖畔，颇具特色。周围绿树成林，浓荫遮日，中间还有游艺场和花草点缀，真不失为游客的一个好去处。

从宾馆后门出来，建有游泳池和运动场；在正对面的绿荫山坡上，又有一群白墙红瓦的建筑展现在视线之内，在阳光沐浴下，它们像披着一匹匹色彩鲜艳的缎子，在山岩林木之间轻轻地飘拂着，反射出一片金灿灿的光。经宾馆服务员介绍，可知那就是刚落成不久的、使人向往的温泉浴室。

整座温泉浴室，依山势设计，别出心裁，分为三层，由许多六角形的建筑体所组成。既有我国传统建筑艺术的精华，又有西方楼宇的神貌；既可供沐浴，又可供游览。48 间浴室分布其间，中有风姿各异的喷泉、瀑布、山石、小溪、花草、莲池、亭阁和回廊小径连接，整个布局千变万化，匠心独运，引人入胜。承主人的盛情安排，我们洗了一次温泉浴，得以领略其中的滋味。温泉水引自离石岩湖不远的玉律温泉。据记载，当地人发现和使用这个温泉水已有 500 多年的历史。近年经化验，此温泉水最高达 67.3℃，为碳酸型温泉，含有碘、锂、硼等元素和硫化物，对治疗各种皮肤病、风湿病极为有效。为了发展旅游事业，石岩湖乡村俱乐部投资 1000 万港元兴建温泉浴室。现在，只经过半年的时间，一座占地 24 亩的建筑便已建成，这也实在是难能可贵的。

从温泉浴室出来，从宽阔的湖面上吹过来一阵阵柔和的山风，使人倍觉心旷神怡。然而太阳已被环湖的峰顶所遮隔，古诗云："欲识林泉真乐趣，明朝结伴再来游。"我们也就余兴未尽地踏上了回市区的路程。

真美，傲然屹立的大榕树

　　深圳特区初创那些年，我住在深南大道深圳特区报旧大院的宿舍里，每天吃过晚饭，便出门散步，优哉游哉地朝东走去。走不多远，便到了蔡屋围村，该村西边尽头，有一棵大榕树。从远处眺望，它恰如一把屹立不倒的特大绿色大伞，牢牢地遮盖着好大一片地面。走近一看，树下四周设有石凳，以便来往行人走累了坐下来歇脚休息。我每次散步走到这棵大榕树下，就习惯成自然地在大石凳上坐下，拿出自带的水杯，喝几口清茶，吸几口微风吹送而来的清新空气，闭目养神地歇一歇，一天工作带来的疲劳便不经意间悄悄地消失了。这种悠然自得的味道，也可谓平凡而难得的生活乐趣吧。

　　确实，每当我一看到大榕树，眼前便会一亮，内心自然而然地涌出喜悦之情，因为我从小便是在大榕树下长大的。

　　我的家乡是珠江三角洲的鱼米之乡，村头有一条小河流过，河旁建有小码头，经常停泊着几条小木船。村头河边种有两棵大榕树，村里老人说已有一百多年了。高大榕树不远处，又是连片的鱼塘，农户家放养的鸭子，在塘面上自由自在地游着，还不时发出"嘎嘎"的欢叫声。榕树下摆有石桌和石凳，人躺或坐在上面，十分舒服。

每天早晨，天刚亮，大榕树密匝碧绿的叶片，便开始摇曳那赏心悦目的鲜翠，并不停地摇落一串串晶莹的露珠。微风过处，枝叶又发出"沙沙"的柔和低诉。此时，便陆续有老爷爷一手拿着大葵扇，另一手携着活蹦乱跳的孙儿来到榕树下，开始一天欢快的日子。

很快，孩子们都来了，有的在跳绳，有的在忙于玩圆珠子游戏，而我却爱爬上树，躺在伸向河面上的枝干上，透过叶隙仰望天上的白云慢慢飘过，幻想着云朵在空中可能会发生的故事。

中午时分，在赤日炎炎之下，大榕树又给人们注入清凉，不远处家家的厨房顶上开始升起了袅袅炊烟，并时不时夹杂着催人回家吃饭的呼声，好一派令人羡慕的农家乐图景。

但使我更想念的是大榕树下的夜晚。入夜，村民们便争先恐后地坐在或躺在石桌和石凳上，遇到人多时，还有人把自家的木板搬来铺在地上，在清凉而恬静的气氛中，一面细心听着大家称他为九叔的老爷爷讲《西游记》孙大圣大闹天宫的故事，一面看着天上的星星和月亮，伴着小河微波拍打着小船发出的有节奏的美妙音响。听着看着，大伙儿的眼睛便不听使唤地闭上了，直到天亮。正是这温馨而亲切的环境和氛围，使我种下对大榕树的钟爱之情，久久不能忘怀。

不过，要说大榕树之美之奇特，最让我印象深刻的要数地处江门市新会区的那棵大榕树了。这棵榕树自个儿长在河中四面环水的一个小岛上，高大的树干和浓密的枝叶，竟把整个小岛覆盖了，外来参观的人还误以为这榕树是在水中生长的。这棵榕树长得太盛，大有一树成林的气势，就招致无数的各种鸟儿前来筑巢夜居。每天傍晚，鸟儿成群结队飞回时，黑压压地把天空遮盖了大片，各种鸟鸣声更是响彻云霄，构成了一幅独具一格、声名远播海内外的胜景，直到今天，游人仍络绎不绝。

其实，我国南方温暖多雨的气候和带酸性的红壤，适合榕树的生长，因此岭南地区的榕树多得是，咱深圳也不例外。比如深圳火车站广场东北端就有一棵独立生长的大榕树，每天都在迎风招展着。远远望去，它独身挺立的雄姿令人印象深刻。广场扩建时，有人曾提出把它移除，却遭到大多数市民的反对，直至现在它的英姿依然深受大伙儿的喜爱。

又比如龙华区文化广场正门入口处两边，也各有一棵大榕树矗立着，像两位守门的勇猛将军，以其微笑的姿容向人们招手致意。

更有诗意的是，福田区巴登社区同心南路两边种下的两排小榕树，枝叶茂繁碧绿，像一把把精美的绿伞，整齐排列在大街两侧，给行人遮阴挡雨。

其他的也就不能尽说了，不过，蔡屋围这棵大榕树还得说一下。我曾经问过这棵大榕树四周的人家，得知这棵大榕树已生长了几百年，但直到今天却仍屹立不倒；它目睹了多少历史的风云变幻，经历了一次次血与火的洗礼，由此显示出历史的沧桑。据了解，蔡屋围很多人都在海外谋生，思念家乡时，思念的除了家中的亲人外，就是这棵大榕树了。可见，这大榕树寄托着多少海外游子的深情啊。

不错，大榕树胸中怀有顽强永不衰竭的生命力和生息不已的旺盛再生力。它的树干虽不是直昂而有点弯曲，但却具坚硬壮实而又韧性十足的特色。尤其是它不断生出的可以吸取水分和营养的附生根和气生根，是别的树种所不具备的，又形成了一派与众不同的景象，使人百看不厌。当冬日寒气袭来，别的树种的叶子由绿变黄，纷纷洒落地上，独有大榕树依然如故，依旧郁郁葱葱，绿得诱人，使人顿然由衷地生出挚爱之情。

如果人们有点好奇心，也热爱大自然的话，就忘不了这样的景象：一株犹如鹤立鸡群般高大伟岸的榕树，树冠翁郁四展，叶子绿得发翠，众多气生根下垂闪动，姿容雄拔劲美，形象高大。这样难得的画面，自然备受人们特别是旅游人士或摄影师的青睐。

　　啊，忘不了的大榕树！

显微外科专家王琰

　　1984年7月的一天，南国边城阳光灿烂，海风阵阵。坐落在深圳特区水库路旁的市人民医院大门披上了节日的盛装，十五万响的巨型爆竹从楼顶长长地垂吊下来，两旁彩旗迎风飘舞。大门外站满了人，个个喜笑颜开。一阵震耳欲聋的鞭炮声响过后，一位穿着工作服的年轻人捧着一大束鲜花，另一位穿干部服的捧着一个制作精巧的大花瓶，分别走上前去，献给一位穿着白大褂的中年男子。这位中年男子长得斯斯文文的，炯炯有神的眼睛放射出智慧的光芒。当他在接受礼物的时候，两颊禁不住微微发热而泛红，也许这是内心激动所致吧。他就是远近知名的显微外科专家、市人民医院外科二区副主任医师王琰。

　　大约一个月前，深圳土木工程公司的一位青年工人，在笋岗货运站附近修整铁轨，一条手臂扶在铁轨上，另一只手在紧张地工作。正在这时，在他背后有一列火车全速奔驰过来，由于这位工人太专心致志了，所以火车开来了也全然没有觉察，结果扶在铁轨上的手臂立刻被铁轮压断了。当他被同伴们护送到市人民医院时，还处在昏迷状态。经过王琰大夫的精湛手术治疗和其他医务人员的精心护理，断了的手臂重新完好地接上了。不但患者感动得热泪盈眶，患者所在单位也大力称赞。为了向医院和王琰医师表示由衷的感激之情，广州铁路分局和深圳土木工程公司，决定在患者痊愈出院的这一天，举行隆重的致谢仪式。这一举动，也着实震动了特区的整个医疗界，人们奔走相告传为佳话。

手术精湛医德高

提起王琰医师，虽然他到深圳特区工作只有短短的一年时间，但他的名字已为越来越多的人所熟悉，他那良好的医疗作风也为病患者所称颂。他的声望是与他在医疗事业中所建树的业绩相伴而来的，是建立在对医术的孜孜不倦的探求和顽强刻苦的拼搏开创精神之上的，更是建立在具有真才实学的牢固根基和努力为特区做贡献的深刻思想之上的。

王琰医师是显微外科专家，擅长断肢、断指再植和组织移植。单说断指再植，手指不仅血管细、骨头小，而且神经更细，特别是手指末节的静、动脉血管，内径只有 0.3 至 0.5 毫米，用肉眼已很难看清楚了，加之这里的血管还呈网状，因此手术用的缝合线也要比人的头发丝细好多。而再植后的手指，必须血液流通，骨头接合紧密固定，神经功能恢复正常，没有相当的本领是很难办到的。而王医师到特区后，已成功地做了十多例手术，一些手术甚至是在设备不全的情况下进行的，这就更显出其高明了。

事实上，早在 1966 年，王医师就配合导师陈中伟教授，取得了断指再植的成功，开创了我国断指再植的先河。此后，他在导师陈教授的指导下和同事们的帮助下，又取得了一项又一项的新成果，突破一个接一个的难关，在显微外科学漫长而不断发展的征途上，一步一个脚印地写下自己的历史篇章：

1973 年，他潜心研究游离肌肉移植手术，在国际上第一次成功实现大块肌肉移植。带血管的骨移植在他的手下也成功了，从而把过去植骨方法的成功率提高了六倍，且抗感染力更强。这种新方法可使千万个先天性下肢骨缺损而不得不跛行的儿童丢掉拐杖，给他们带来新生。

过去，在截肢残端上安装的假手，只起外形的装饰，而完全不具备手的功能。但王医师经过对手外科的钻研，对手的结构进行深入研究后创造出来的人工再造手，却改变了这种状况，使再植手有了部分功能。

之后游离腓骨皮瓣移植手术也成功了，他发表了《游离腓骨移植治疗先天性胫骨假关节病》论文，获得第一次国际显微整形会议的特别嘉奖。

用不着更多的细致描写，透过上面这些组成显微外科学殿堂的一角，人们可以发现那儿屹立着一个勇于探索、创新，把整个身心都献给了这项事业的感人形象。如今，这形象在特区精神的映照下，又放出了新的光彩。

1984年6月下旬的一天上午，在市人民医院外科二区的诊室和病房里，像往常一样，医疗工作紧张而有条不紊地进行着。王琰医师巡视完各个病房，迈进办公室，看了一下手表，离下班的时间还有半个多钟头，就坐下来打开一本关于显微外科的资料。不放过任何点滴时间进行学习，这已是他20多年来养成的习惯，现在他每星期还要抽出一部分时间，为自己的助手和护士们上课。因为他深深懂得，要在外科学上有更多更高的建树，只靠自己个人的才智是不够的，必须有良好的助手密切配合。"提高助手的业务水准是自己应尽的责任"，他是这样想也是这样做的。

正当他打开资料在聚精会神地阅读思考的时候，突然，一位穿着港式服装的青年人急匆匆地走了进来。只见他满头是汗，右手的几根手指用纱布包扎着，脸上露出痛苦之色。

这位青年对他说："我要找王琰医师，请问他在不在？"

王医师连忙站起来，迎上前去，热情地回答："我就是。"

来人听说站在自己面前的这位医师，就是自己专门从香港赶来要找的人，紧锁的眉头慢慢舒展开了。原来这位香港工人在前一天上班的时候，有两根手指不慎被车床砸断了，经香港医生确诊，中指必须截除二节，食指截除一节，这样手的功能就要大大受到损害。这位患者不愿意，所以赶来深圳市人民医院求医。

此时虽已到了下班时间，但王医师二话没说，立刻为这位患者进行了诊治。

包扎伤口的纱布绷带打开了，王医师的眉头却皱紧了。由于耽误的时间较长，天气又炎热，两根伤断手指的组织已发生感染水肿。凭常年的临床经验，王医师深知，经彻底清创后，两根手指残留的一点点皮瓣也肯定无血液循环，这样的再接手术是十分困难的。

怎么办？王医师陷入了沉思。那位患者也敏感地从王医师的神情变化意识到情况的严重，他拉着王医师的衣袖，哀求说："求求您，把我收下吧。要知道，我的两根手指治不好，就要被'炒鱿鱼'了，往后的生活也失去指望了。"

就在患者期待着答复的当儿，王医师的脑海里冷静地思考着。是的，患者的话语激起了他的同情，而经多年刻苦钻研积累起来的由理论知识与临床经验相结合形成的智慧才干，则使他产生了信心。于是，他决然地对患者说："好吧，你就留下来，我尽能力试试能否把你的两根手指接好！"

听到王医师这个有力的答复，这位患者的脸上立时绽出了笑容。

自从上午决定把那位香港患者收下后，王医师的整个身心便被这件事占满了。"在战略上藐视困难，在战术上重视困难"，这句至理名言一直藏在他的心中，在20多年的临床实践中，他从来没有被困难所吓倒，但这次遇到了新情况，医治时间已经有所耽误，要能保持两根患指的最大长度并使手部功能的损伤减到最少，就不能只局限于过去的做法，而必须在手术中有所突破、创新。但万一手术失败了呢，这对个人和特区的声誉来说，会不会带来不可挽回的后果？为此，就更得严肃认真地对待了，哪怕有一个细节疏忽了，也会出问题的。

流云在天幕上飘荡，夜静静地逝去了，倦色轻轻地爬上了王琰医师的脸。他坐在写字台前，用手托着腮，紧闭双眼养了一会儿神。这时一个几经思考的方案逐渐接近成熟了：两只伤指伤断的程度不同，可以采用不同的手术，即中指受伤处，做成螺旋状皮瓣，包于指端，加压包扎。而对食指则在指背桡侧缺损处，移植带脂肪全厚皮瓣。"虽然，在手指端上应用此种带脂肪全厚皮瓣移植，在国内尚无先例，但科学的新成果、世间的新事物，不都是经过人的大胆探索才创造出来的吗？而那已经深入特区人心的'新事新办、特事特办'的精神，正是自己进行这次手术的指导思想。"当王医师想到这里，原先所产生过的顾虑，便像强风卷走乌云那样无影无踪了。

王琰医师提出的手术方案在院部通过了，于是他满怀信心地走上了手术台。

半个月后，患者的两根手指拆线了，检查结果显示两根手指愈合得很好，其中，食指完全保全了，中指也只缺少一节，且功能与其他手指差不多。这表明手术取得了成功。

事后，患者激动地说："这次多亏了王医师医术高明，给我今后大半生的工作和生活带来了很大的方便，我真不知怎样感谢他才好。"手术的成功也使香港的一些同行由衷地交口称赞。

是的，"科学没有平坦的大道，只有那在崎岖的小路上攀登，不畏劳苦的人，才有希望到达光辉的顶点"。王医师正是用孜孜不倦地探求创新的精神，又攀上了显微外科学的一个新阶梯。

在艰难中闯新路

1985 年 1 月 24 日，上海《文汇报》登出一篇文章《你那里为啥留不住人才？》，主要是批评该市一间大医院的负责人不认真落实知识分子政策。文中有这样一段话：

"不久前，我在南方一座城市参观，遇到一位从上海去的外科医生。这位医生曾是本市某家大医院的骨干医生，在医学上有较深的造诣，在国际上也有一定的影响，许多同行都称赞他'这把刀漂亮'。可是，医院的领导由于偏听偏信，在他去南方某城市之前的几年里，竟不让他开展自己的业务，并阻挠他到国外讲学，所以南方某城市招聘人才时，他便应聘而去。"

文中所说的那位医生，就是副主任医师王琰。的确，他在决定应聘到深圳之前，是经历了一番激烈的思想斗争的。在人生的航船里，既有充满大山瀑布般奔腾不息的激情、玫瑰色的梦想和追求，也有天气阴晦使心中感觉寂寥、苦恼的时候。纯粹的东西在世界上是不存在的，"没有矛盾也就没有世界"，这就是生活的辩证法。

1954 年，王琰在青春焕发的年华，带着一个使人心醉的、彩色的梦进入上海医学院。从那时起，他常常憧憬着显微外科的美好前景，暗暗以此激励自己坚韧不拔地向前奋斗。当他穿着白大褂、套上消毒手套走上手术台时，他的心灵才变得宁静专一。之后他参加支援边疆医疗队，足迹踏遍了松花江畔那荒凉的北国平原和西南边陲的密林村寨，整年整月地东奔西走、跋山涉水，生活异常艰苦，但始终没有泯灭他要在显微外科上不断向高处攀登的理想和愿望。

当笼罩着神州大地上空的阴霾被万道霞光驱散，祖国又变得晴空万里的时候，重回上海某医院工作的王琰，心情之激动自不待言。"一定要在显微外科学上取得新的突破，做出更大的建树！"然而，正当他沉浸在遭逢厄运而获得再生的喜悦，事业的大幕才掀开一角，壮阔的前景不断向他招手的时候，一个接一个的阻碍、打击竟一股脑儿地向他袭来，人生的波折又摆在他的脚下。

当他提出要开展自己熟悉的新科研项目时，院部却强调条件不具备，要以后再说。1981年6月，美国手外科权威斯旺森（SWANSON）专门向他发来聘请书，聘请他到美国讲学，并破例许可他在美国做手术。当时，他还明确地向院部提出，对方所给的高酬金，自己只保留基本生活费部分，其余全交给公家。但院部研究后的答复是：不同意出国。在评报高级学术职称时，也被一拖再拖，迟迟得不到落实；更有甚者，流言也出来了："王琰要搞个人突出，想出风头，个人英雄主义严重！"

面对这种局面，那些安于现状、墨守成规、不求进取的庸碌之辈，也许会听天由命。但王琰怀有远大的抱负，他在瞬间的迷茫、苦恼过后，便冷静、严肃地思考着新的出路。

"一个人要坚强，不能因暂时的困难而感伤，只要胸怀大志，事业总有一天要成功。"老师陈中伟教授亲切地开导、鼓励他。

"东方不亮西方亮，人才何处不开花，祖国的地方大得很，还会找不到一个施展才能的地方？"关心他的朋友们理解他，支持他。

果然，就在这时，年轻的深圳经济特区要在上海这个经济、文化、科技实力雄厚的大都市招聘各类人才。消息传来，王琰眼前一亮，他二话不说，就到招聘小组的所在地，在招聘表上庄严地写下自己的名字。

但当他正式向院部递上要求应聘到特区工作的申请书时，该院负责人只淡淡地说了句："你把申请书放下，我们研究研究再说吧。"

"研究研究"，一星期过去了，一月又一月过去了，申请书送上去后如石沉大海，杳无音信。王琰是多么焦急啊。更使他心情不能平静的是，流言、中伤又时隐时现。有人说他太高傲了，这么大一个医院还不满意，实在太不自量力了；有人指着他的背影窃窃私语：

"过去医院培养了他，可人家现在翅膀长硬了，就想飞了。"……

面对这滚滚刮来的浊气，王琰的确想得很多。他思潮起伏，久久不能入睡。他早听闻深圳特区的蛇口工业区，高高地竖起一条大标语："时间就是金钱，效率就是生命！"这两句话真说到他的心坎里了。他想到自己已经跨过了五十的门槛，往后生命的优势将逐渐失去，如果不抓紧目前的黄金时间大干一番事业，那最大的志向、美的理想也将成为泡影。

他下定决心：为了事业、理想，让世俗的妒忌、偏见和误解见鬼去吧，不管遇到多大的困难，我也得走自己的路！

走！到特区去开创新事业！王琰的决心终于下定了，他铁了心了！所以，当院部最后向他抛出刁难的王牌：到特区也可以，但得先辞职。他也没有半点的犹豫，立刻干脆有力地回答："好！我就辞职。"

就这样，1984年3月初，万家欢乐的春节刚过，在还被一片寒意笼罩着的上海国际机场，一位中年男子离开温暖的小家庭，告别了送行的亲友，义无反顾地跨上了南航班机的舷梯。当他站在机舱口向南眺望，显得是多么地英姿勃发啊！是的，新的生活即将开始。

扎根特区创新业

1985 年 4 月底，离家只身到特区工作已整一年的王琰医师回上海探亲了，没想到这下子又给上海的医疗界带去了一阵强烈的冲击波。"王琰回来了，走，到他家看看去！"

"喂，你看见王琰没有？我昨天见到他了。这家伙心境可好了，同前两年相比，精神上简直像换了一个人，不知吃了特区什么灵丹妙药？"

人们像得了什么重要消息那样奔走相告，他过去的同事、熟人、朋友在高兴地谈论着。是的，在他回家探亲的二十多天里，到他家看望的人络绎不绝，大家一个劲地打听特区的经济建设情况，对他个人在事业上的进展更是问得仔细，听得入神。当他们听完了王琰的介绍后，一个个喜形于色，脸上露出满意的笑容。

这期间，王琰更是在家里待不住。在回家前夕，深圳市人民医院的领导曾嘱托他，请他适当抽点时间跑跑有关的图书馆、医院资料室和书店，搜集购买各种医学的书籍和资料，以利医院的综合建设。他把这当作一件大事来落实，整天东奔西跑。

如果说，王琰这次回上海，熟人、朋友们的热情问候与支持使他感到鼓舞是情理之中的话，那么，上海市卫生局的领导亲自出面做工作，希望他重回上海，却是他预料不到的。

自从批评上海某医院在落实知识分子政策上存在问题的文章在《文汇报》登出后，引起了上海市卫生局领导的重视。他们除了责成该院认真检查改进工作外，还希望向受压制、打击的当事人表示歉意，以挽回工作上的一些损失。

好不容易王琰回上海探亲了，于是，他们便抓住这个机会，登门拜访来了。他们除了向王琰表示慰问外，还特别郑重地提出：热烈欢迎王琰重回上海工作，如果他答应，可以把某医院扩建为较现代化的大医院，让他担任这个医院的骨科主任。临末一位领导强调："怎么样？王医生，我们的态度是真诚的，做法也是切实可行的，只要你回来，就可大大施展你的才干了，前几年在事业上所受的损失也可以夺回来了。回来后，在业务上你有什么计划想法，还可以随时提出来，我们支持你！"

王琰对上级负责人的这番话，不仅从心底里相信其真诚，而且感动得眼睛也有点湿润了。

安排在大都市较现代化的大医院任骨科主任，也的确够吸引人的。

然而，他到特区一年里所得到的种种良好印象，已经深深地印进了心灵里，以至什么力量也动摇不了他要在特区扎根，为发展特区的医疗事业贡献力量的决心。

是啊！他忘不了刚到深圳市人民医院时，医院基础差，原来根本就没有什么显微外科，但院部立刻决定为他开辟专科，还给他配备了助手，使这项新医疗科目的工作很快便开展起来了。

他忘不了开始时显微外科的设备很欠缺，动手术碰到很多困难，院领导热情地鼓励他不要怕，要敢闯，万一手术失败了，再干。正是这种精神上的支持，使他利用简陋的设备，一次又一次地完成了难度较大的手术。

他忘不了逢年过节，市卫生局和院部的领导，都到他的宿舍里问寒问暖，虽然他只身在特区生活，但市里还是分给他一套三房一厅的宽敞住房，使他晚上钻研写作有一个安静的环境。特别是1985年春节，市领导还到他家里表示慰问，对他在短短的一年里业务上所取得的成绩和突破大加赞赏，并鼓励他再接再厉为特区做出更大贡献，使他的心里热乎乎的。

他更忘不了到特区刚半年多时间，香港矫形外科学会主席梁秉中教授便专门邀请他到香港讲学。院部和特区的有关单位二话不说，立刻批准，并在一星期内替他办好了手续。他在香港威尔斯亲王医院分别做了"游离拇趾甲皮瓣再造拇指""游离腓骨移植和断指再植"的学术报告，听后大家评价说："水平高，手术种类多，难度大，了不起。"这次讲学活动，给他留下的美好的回忆让他至今难忘，同时成为他继续往高处攀登的一种鞭策……

他深切地知道，深圳市人民医院的显微外科虽说已初步建设起来了，但还有大量的工作需要他主持去做，特区几十万人民对他更是寄以深切的期望。

于是，王琰对面前几位急着听他回答的领导深情地说："十分感激上海市卫生局对我的关心和信任，但我不能离开特区，离开刚开创不久的事业，那儿更需要我啊！"

临别的时候，几位领导紧握着他的手，嘱咐着："好吧，你就安心在那边工作吧，只要你干出新成果，我们一样感到高兴。特区是个窗口，信息多，接收新事物快，今后可别忘了多给老地方通气啊！"

送别了领导，当兴奋的余波还萦绕在脑际，他深深地吸了一口气，有力地舒展了一下筋骨，又立刻沉入回特区后如何进一步开展工作的思索里。

还在他回上海探亲之前，他便接到全国各地不少已截肢的患者的来信。他们说，从报章上看到王医师的断肢（指）再植给断肢（指）患者带来了福音，但还未能使已经截了肢（指）的人获得新生，所以他们向他提出新的要求，希望他研究进行异体再植。四川省遂宁油矿魔芋坡机修厂一位截肢病人甚至在信中写道："我知道这是一个新科目，一定会有很多的困难和失败挫折。但为了我国显微外科学的发展，为了您能再上一层楼，我甘愿为您的试验做出牺牲……"

读着读着，他禁不住流泪了。他想到，异体移植无疑是一项难度极高的新项目，到目前，世界上尚未有人试验获得成功。但是，世间无数截肢患者的迫切需求和希望，就是无声的命令。在困难面前望而却步绝不是强者的本色。即使自己的试验最终都失败了，不是还可以作为后来者取得成功的奠基石吗？想到此，他浑身的血液沸腾起来了。他在家里再也待不住了，于是便又一次提前赶回特区来了。

最近，当我知道他正在着手进行这个新科目的动物试验时，我又一次拜访了他。当我认真地向他询问这次试验的前景时，他风趣幽默地向我表示："太阳光泻向大地时，既有朦胧、斑驳的暗影，但不也有着明快、强烈的光辉吗？在科学的探求上也许多少有着与此相似的状况吧。"

是的，我完全相信，具有如此阔大明澈的胸襟而又情操高尚的人，不管前面的路如何曲折，也一定会坚韧不拔地一直走下去……

高雅的建筑美

　　每当我从深圳图书馆的门前走过，都会情不自禁地放慢脚步，瞻望一番它的独特风姿。它奇崛、庄严、高雅，散发出美的光彩和活力，给人以无穷的遐思。

　　深圳图书馆的设计布局富有特色，七层的藏书楼向东西展开侧翼，继而又延伸出各个提供阅览功能的裙楼，中间回廊曲折，将各部分联为一体，前后呼应，左右顾盼，十分协调，于分散中显统一，使人感到这是一个美的集合、美的整体。

　　深圳图书馆不但在结构上是和谐的，而且在色调上、装饰上也是和谐的。藏书楼的参天之势与两翼前后的簇拥拱卫形成和谐的系统；前面和两侧的赭红色水磨石台柱与外墙的淡黄色镶面以及环顶的金色琉璃瓦既有对比，又极和谐。它们在空间结构、色彩和线条上既构成了庄重、严谨的风格，又以其恰当的对比和丰富的变化形成了高雅浓郁的艺术气氛。其实，就连门前的绿化区和馆后的各式花坛，又何尝不是于统一中求变化、在简朴中显出丰富性呢？深圳图书馆与周围鳞次栉比的宿舍区、秀丽明净的荔枝湖互相衬托依傍，浑然一体，以雄浑有力、丰富优美的主调，在参差错落的变奏中谱成了一阕建筑学的交响曲。这些告诉人们，美，是以其无限丰富的形式来表现自己的共同本质的。这个本质，既是客观的，又与主体密切相关。

我国古代很早就给建筑艺术形象赋予了有生命力的美，一直沿用的极富有民族格调的翻飞檐角建筑，就充分表现出生命力的活泼飞扬。深圳图书馆的设计建筑师是很懂得这个奥妙的。当你向图书馆的大门缓步走去，迈上图书馆的台阶时，是否觉得它正俯身向前向你表示欢迎而让你产生被环抱入怀的亲切感呢？当你从远处眺望高踞突现的藏书楼，朦胧中它是否像一尊披襟岸帻、凭案临几的雕像？而从近处仰望，它难道不是一个傲然挺立、精力充沛的巨人？尤其是整座建筑大小高矮对应的金黄色檐角，不仅继承了我国建筑的民族风格，而且突出了现代建筑讲究的线条，从而更显示出悠扬飞升的力的风采，散发出迷人的魅力。是的，深圳图书馆是美的，它美得庄重高雅，亲切迷人。它不失为特区丰富多彩、各具风韵的建筑群中的佼佼者，充分表现出突飞猛进时代的特区创造力。

风雨中的山花

——记深圳街边的女修鞋工

朋友，当你步履匆匆地走过深圳的繁华的大街小巷，或悠闲地漫步在街市两旁的绿树浓荫之下时，能否注意到那为数不少的在地上设个小摊的修鞋工，又是否了解他们的生活和内心情感？

其实，只要与他们倾心交谈，使他们感到你绝没有恶意时，那么，你就能发现这些修鞋工每个人身上都有一个生动的故事，而每个故事渗透着时代的印迹。

本文记述的就是我遇到的几位这样的女修鞋工。

深圳街边的女修鞋工，是各种各样的。她们来自不同的省份，到特区前各有不同的经历，但到这里后却有一定的共性：不管烈日当空，暑气烤人，还是刮风下雨，除非生病动弹不得，否则每天总是在街边摆个小摊坐着，眼睛专看着来来往往的人的脚下，一旦发现有人的鞋子变样损坏了，便迫不及待地发问："先生（小姐），你的鞋坏了，请来修修吧！"如果没有人理睐，她们又只好惆怅地目送着人们远去的背影。她们都在为生计而忍耐着、拼搏着。在这日复一日的生活中，她们有欢乐也有痛苦。在经历了从北到南的闯荡后，她们眼界开阔了，对遇到的困难想开了，心胸变得坦荡了、乐观了，犹如风霜雨雪之后会有明媚暖和的春日。

今年夏天，由于一个偶然的机会，我与这众多的女修鞋工中的一位，慢慢地攀谈起来。

这个姑娘看上去24岁左右。她皮肤洁白，北国风雪在她的脸上抹上一层健康的红润。两只圆溜溜的大眼睛，就像两粒葡萄珠儿，镶嵌在长长的睫毛之间，很有神采。

她告诉我，她的老家在陕西凤翔。这使我记起在首都北京工作时，常听陕西的朋友说，凤翔有三宝，素有"柳林的酒，东湖的柳，姑娘的手"之说，而这三者，尤以姑娘的手巧最为出名。如今，眼看着面前这位姑娘修鞋时的操作，我确信上面这个说法一点不假。只见她穿针引线，轻柔快捷，用小铁锤打钉，既准又匀，不一会儿便把我的鞋修好了，若是换了手脚有些笨的，还不知要舞弄到什么时日呢。我不由得夸奖了几句，没想到她冲口而出：

"老麻子开花转圈圈红，再不要能格滟滟笑话人！"

这冲口而出的竟是十分生动的信天游，声音又很柔和。当我抬眼再看她时，我似乎觉得她的眉里眼里都藏着聪明。

我问她："改革开放十年来，全国各地都发生了很大变化，老百姓的日子较以前已好过多了，相信你们老家那儿也不例外吧，那为什么要不远千里，只身到陌生地方来修鞋呢？"

她思索后回答说："没错哩，经过十年改革开放，咱家乡一带也有不小进步，但比起深圳特区还差了一大截。况且我家人口多，除父母外，还有四个弟妹，我是老大。母亲又长年有病在床。在家时就听人说，深圳这儿人们很阔气，钱易赚得很。于是，去年我便来了。我要多赚点钱寄回去，帮爸爸养活这个家。"

"那你来了一年多，对深圳感觉怎么样？"

她低头略微沉思了一下，答道："特区这儿的生活的确比内地好些，人们给钱较随便，因此，钱也易赚一些，但……"说到这儿，她停了下来，心中似有难言的苦衷。

我连忙给她勇气："不用怕，有什么你就直说出来，我保证不会给你带来麻烦的。"

"最讨厌的是有时一个人特别是晚上出入不安全。"然后，她向我说了这样一件事：她来特区后，便听人说市内有个荔枝公园，风景很好，且很幽静，晚上是人们散步休息的好地方。于是，有一天傍晚，她收工回住地吃过饭，冲了凉，便也到公园来了。走着看着，初时心情确实挺轻松写意的。但当她来到小桥边，正要依着栏杆，欣赏周围的霓虹灯光倒映在湖水的景致时，有两个神色诡秘的男人向她走过来，一面走还一面议论着。

"怎么样，这条女长得真不赖吧。"

"嗯，今晚恐怕有好鱼上钩了。"

一会儿，这两个男人在她的身边站住了。

"喂，靓女，内心寂寞啦，独个儿在想什么哪？"一个说。

另一个马上接上："陪我们玩玩好啦，省得你一个人怪孤独的。玩一晚给你这个数。"说着在她面前举起三根指头。

开始时，她不明白所谓玩玩的意思，但后来当她醒悟过来时，心里不由得打了一个寒战。于是赶快拔脚就跑，头也不回地一口气跑出了公园……

她还告诉我，她曾被人勒索过两次，被抢去500多元。

听了她的故事，我的心不禁沉重起来。是啊，随着特区的改革开放，经济迅速发展了，但一些腐朽生活方式也不可避免地渗透进来，一些原先已经绝迹的丑恶现象又沉渣泛起了，这是与坚持社会主义精神文明建设不相容的。我想，只有当社会上的种种丑恶的现象被抵制了，中国特色社会主义才会获得巩固。

这时，从深圳大剧院广场传来悠扬悦耳的音乐，那儿为了华东赈灾正举行着义演。我们的话题也便转到了这件事上。

我问："今年江淮一带遭遇特大的水灾，的确够惨的，你老家没事吧？"

"今年咱那里没事，但前几年也发生过灾害，受灾的滋味我清楚，所以这次我也捐了50元。"

听了这话，我心中不禁肃然起敬，于是由衷地说："你们长年累月在街边日晒雨淋已够辛苦的，还有这个心捐款助人，真难得。"

没想到这年轻女修鞋工是这样回答的：

"这没有什么。人活在世上是需要互相帮助扶持的。虽说我赚钱不多，但总比华东的灾民好多啦。"

她的话语简单，但耐人寻味；她的声调轻微，但使人猛然感到像置身在青山绿水之间，耳边听到幽林淙淙的涧水声，在心中留下一幅美丽的画卷！

夏初的一个假日，我又来到深南中路兴华宾馆附近的楼宇下找修鞋工修鞋，这次遇到的也是个年轻的姑娘。

这天早上，阴雨连绵。此时大块的黑云虽已移去，但天上还不时有几点雨星斜斜地飘下。在乌云般的头发下，我看见了好一张俊俏的脸，点点雨珠轻飘在她红润的腮上，显得更有神韵了。她的目光柔和，但在柔中透出一点刚强。

我坐在旁边的小凳子上，不时有一阵阵香气袭来。这香气杂在湿漉漉的风中，愈显得浓郁、温馨，宛如幽室里吹进的一丝凉风，沁人肺腑。

闻着闻着，我忍不住微笑着对这位修鞋工说："没想到你在街边摆摊，身上还抹香水呀？"

听了我这话，她用惊奇的目光打量了我一下，反问着："你觉得有香气不好吗？你讨厌香的东西吗？"

"不！我不是这个意思，我只是感到有点好奇罢了。"

"既然这样，我就老实告诉你吧。香气不是我身上的，"话到这儿，她又用神秘的眼色看了看我，一面说，一面停下手中的活，轻轻打开工具箱的盖子，然后接上，"你看！"

原来箱子里放有十几朵新鲜的白玉兰花。目睹这情景，我自己反而感到有点不好意思，深为刚才的唐突而感到愧疚。

她告诉我，她从小就爱花，在她老家的院子里种满了各式各样的花，玫瑰、芍药、茉莉什么的。"它们都是我亲手种的，每到花开时节，可好看了，红的、黄的还有白的争艳斗丽，而且整个院子都香喷喷的。"她说这话时还显露出自豪的神色。

从这件事中，我更深地体会到，爱美确是人的天性，这些修鞋女工的心灵不也是美的吗？但更使我吃惊的事还在后头。

这天我上街修鞋时，刚好路过一个书亭，便顺手买了一本泰戈尔的爱情诗集《爱者之贻》。在修鞋中，这位年轻的姑娘看到我手中的书，突然问："你手上拿着的是本什么书呀？"

我漫不经心随口答："没啥，是印度泰戈尔的一本诗集《爱者之贻》。"

一听说是泰戈尔的诗集，这位修鞋女工兴奋起来，连连说："这可是一本好书！"

这时，我真不敢相信自己的耳朵，于是禁不住地问："你知道泰戈尔？读过他的诗？"

"怎么不知道呢！他是印度的一位大诗人，获得过诺贝尔文学奖，20年代还来过咱们中国呢。他的诗写得可好了，不信，我背一段给你听听：'夜深了，在我静静的心中，你酣睡正浓／醒来吧，啊！爱情的痛苦／我站在门外，因为我不知道怎样打开大门。'"虽然轻声细语，但我听得特别真切。

我感到非常意外，一位20世纪80年代的年轻女修鞋工，竟对国外一位死了快半世纪的诗人的作品如此酷爱和熟悉。我又一次为自己刚才的轻疏而感到惭愧。

随后，这位姑娘告诉我，她读中学时就酷爱文学，更爱诗，中外不少大诗人的作品她都读过。这使我对她的好感油然而生，因为她显然不像我时常见到的那些时髦却轻飘飘的姑娘。她热诚大方，没有矫揉扭捏之态，看得出还善于思考。虽然工作很艰辛，却一点也没有减弱对生活的热爱。

说话间，她那额前刘海上的几颗水珠儿，一颤一颤的，熠熠闪闪，宛如钻石。我问她："你到特区后还读诗吗？白天要在街边摆摊，什么时间读书呢？"

"读，怎能不读呢，读书能使人变得聪明，让人心境洁净。夜晚便是我读书的好时候啊！"话语中充满着自强和自得其乐。

此时，我的心头也亮起来了，浮想联翩，思绪翻飞。我想，这些女修鞋工多像一朵朵盛开的山花，顽强生长，灿烂开放。我还想到，这些年轻女修鞋工的心地，又多像一根根颤动的琴弦，从中不也可以弹奏出给人留下深刻印象的动人的音符吗？

海美人更美

　　春节前，九龙海关举行了一次记者招待会，邀请特区新闻单位、内地驻深记者和香港有关同行参加，并安排了游珠海的活动。

　　我们一行是乘坐海关七〇三缉私艇出发的。提起七〇三缉私艇，不少人也许都熟知，这是一个团结战斗的集体。全艇二十多人，个个生龙活虎。在船长曾福增的率领下，不管刮风下雨还是炎夏寒冬，每天巡逻在浩瀚的南海上，搜查可疑的船只，缉拿走私犯罪分子，为使国家和人民的利益少受损失立下了汗马功劳。

　　一下艇，船员们看见我，便笑着对我说："你又来了，这回不会晕船呕吐了吧。"直说得我脸上有点热辣辣的。这是怎么回事呢？还得从头说起。

　　去年也差不多是这个时候，九龙海关也一样举行了记者招待会。那次最有意思、最使人激动的是随七〇三缉私艇出海巡逻。为了让大家养好精神，下午安排在盐田招待所休息。招待所位于大鹏湾畔，下面是各种奇形怪石，耳边传来阵阵海浪拍岸的涛声，我的脑海在朦胧中，一忽儿闪出缉私关员驾驶着缉私艇在搜查追截走私船的场面，一忽儿又想象着晚上出海的情景。好不容易挨到黄昏，匆匆吃过晚饭大家便迫不及待地奔向缉私艇。

上船后，我们又一个接一个地催着开船。但船长却不紧不慢地对大家说："时候还早呢，走私船都爱在深夜出没。越是刮风下雨，就越有可能抓到'鱼'。现在我只怕船到时还未开到大海上，真的抓到'鱼'，你们在甲板上就已晕浪呕吐得站不稳，看不清呢。"听了船长的话，我们中有人马上表示："我从小就是在水中泡大的，还能被海欺负吗？"有人更是拍着胸脯说："我们也不是泥捏的，什么浪也吓不倒。"

又过了好一会儿，天色渐渐地暗了下来，曾福增船长才一声令下："起锚！"缉私艇便出发了。

起初，船行驶在大鹏湾畔海域，这儿风浪较小，船很平稳，我们这些当记者的都一个个站在船舷旁观看美丽的海景。只见碧蓝无边的海，在远处与淡蓝色的云天相连，水面上荡漾着一朵朵银白的浪花，连绵起伏的山，在夜雾中隐现着。一片沉寂笼罩了整个空间，大海是这样迷蒙悠远，使人感到它又是那样隐秘难驯。

走着走着，远处的山势和星星点点的灯光都完全看不见了，拥抱我们的只有那看不到尽头的大海。我下意识地感到，我们已经离基地很远很远了。这时，天空又突然刮起了风，下起了雨，缉私艇也随浪头颠簸起来。

陪同出海的海关人员连忙跑上驾驶室问船长："怎么样，老曾，起风下雨了，这条船受得了吗？"

船长微笑着侧过头回答："有什么可怕，不用说这点风雨，就有七级大风，这条船也经受过哩。客人们的安全包在我身上。"

于是缉私艇顶着风浪继续前进。

风越刮越大，按照艇上风球的指示，风力已达到五级了，大海竟完全换了一副面孔。如果说风平浪静的海湾犹如一个矜持坦荡、亭亭玉立的少女的话，那么，这时的大海就恰像一个输光了发了狂的赌徒，在肆无忌惮地发泄其疯劲。只见满天一卷卷一团团的黑云在空中奔跑追赶，一股股强风在呼啸咆哮着，使大海的翻腾直到天穹。海浪如山倒，向缉私艇猛扑过来，一忽儿把船高高抛起，一忽儿又把船埋进谷底，发出隆隆的声响。闪电，不时用它那耀眼的蓝光，划破黑沉沉的夜空，照出在暴风雨中狂乱地摇摆着的缉私艇。这时，我们这些记者，一个个虽然在心里默念着："顶住，坚持下去！"但到底还是受不了海浪的狂颠，先是脸发青，头晕，继而情不自禁地哗啦一声，把肚里的东西都吐了出来，只好在船舱躺着或闭眼静坐……

"七〇三"迎着风浪又走了一段之后，眼看着风势有增无减，整条船颠簸得更厉害了，曾船长才不得不下令回航。此时已是深夜十二时了。

正因为去年与七〇三缉私艇有过这样一段因缘，所以这次与船员重新见面，彼此便像老朋友似的开起玩笑来了。

这次，当我们这些"客人"全部上了船，曾船长发出号令："开航！"缉私艇便如从弓弦发出的箭，横射出珠江口，向珠海的方向驶去。蛇口工业区的码头、高高屹立在山上的微波通信站和引人注目的"海上世界"……一切很快地便隐没在一片迷蒙中。

这时，天空刚刚下过雨，但仍被厚厚的一层灰色笼罩着。极远处的海岛小山上，缠绕升腾着一团团、一簇簇松软的雾气，一忽儿聚拢，一忽儿又散开。再看近处，船舵强大的马力带着的螺旋桨在船尾卷起一排排巨大的白浪，船艇过去，这些白浪又慢慢地曳成一条泡沫的路。在稍远的海面上，还不时有挂着国外旗号的满载着货物的万吨巨轮驶过……看着看着，我不禁在心里赞叹：珠江口，你真是阔大而壮美！在你的怀抱里孕育过文天祥、林则徐等无数的精英、良才，这是我们民族的骄傲；昔日你也蒙受过屈辱，帝国主义的炮舰在你身上驶过，用枪炮轰击杀害我们的同胞，人民不得不忍受着被奴役的痛苦。今天，时代已经翻到了新的一页，中国人民早已重新站起来了。每天，从早到晚有无数大大小小的船只南来北往地在你的怀抱里行驶，你又为发展中华民族与世界各国的经济文化交往，以及促进整个神州大地的繁荣昌盛做出新的贡献。

我想趁这个途中机会，搜集一点"七〇三"及其船长的事迹。当我经过船长的宿舍时，看到里面正好有几个船员在聊天，我便不客气地插了进去。从他们的口中，我得知了很多海上缉私的故事。

提起船长曾福增，船员们都异口同声地说："咱们的曾船长缉私本领真没说的了，在大鹏湾一带海域，他认第二，没人敢认第一，他的本领可高了。"

曾船长身材高大，胸阔肩圆，四肢粗壮有力，脸面黑红黑红的，在浓眉下有一双闪闪放光的眼睛。就是凭着这双金睛火眼，他常常在别人看不到、没发现特别迹象的情况下，找出可疑的走私船只。还是前年仲夏的一个晚上，大鹏湾外果洲岛附近海面，亮光点点，一艘艘渔船在下网捕鱼。此时，"七〇三"正在远处巡逻。突然，曾船长在数海里之外发现有艘船不亮灯，不打鱼，却拖着入水很深的船身，向东部沿海驶去。他当机立断指挥"七〇三"追了上去，终于擒获了这条装有价值 20 多万元走私物品的走私船。

后来，我带着寻根问底的心情，走进驾驶室，开门见山地问他："曾船长，你那一身过硬的海上缉私本领是怎样学来的呢？你给我说说好吗？"

听了我的问话，他急忙一连摇着头说："不！不！我并没什么缉私的过硬本领，成绩是同志们共同努力取得的。如果说我与大家不同，就是我比他们喝海水的时间都长罢了。"

原来曾船长从 13 岁起就和大海打交道。30 多年的海上生涯，海浪风雨的吹打，使他练就了一身过硬的船上本领。在海上遇到任何的突发情况，他都不心慌，安稳如泰山，用"不管风吹浪打，胜似闲庭信步"来形容最合适不过了。据说去年有一次，"七〇三"正在担杆岛一带海面执行任务，突然刮起了六级大风，一排排小山似的浪头猛扑过来，大有要把缉私艇掀翻的气势。在这样恶劣的处境下，船上有一部分船员呕吐起来。但是，老曾却始终指挥若定，凭着他长期丰富的航海经验，率领其余船员与海上风暴顽强搏斗了三个多小时，终于平安地把"七〇三"驶回盐田海关码头的基地。

曾福增指挥的"七〇三"缉私艇，行动巧妙。他们往往神出鬼没，使走私船防不胜防，闻风丧胆。还是去年夏秋的一个晚上，夜黑如墨，浓雾弥漫，一条装有大量收录机、电子元件和手表的机动小渔船，趁着这坏天气从香港筲箕湾开出，直向东面驶去。船上的走私分子盘算，如果向三门岛的海面行驶，风浪较小，但有碰上缉私艇的危险，所以宁愿绕一个大弯，不怕风大浪急，直向南海海面驶去。走了好远的一段航程，也没碰到什么意外，满以为这一回走私可以马到成功了，突然，一条强大的光柱照在他们身上，"七〇三"缉私艇已像箭一样驶近前来，直吓得走私分子目瞪口呆，面无人色，眼看着美梦成了泡影，只好垂头丧气地乖乖被擒。原来，"七〇三"早已在附近海面停机隐蔽搜索，这正是所谓"魔高一尺，道高一丈"，也就难怪伙伴们那样叹服他们的曾船长了……

　　说着说着，不知不觉"七〇三"的航速渐渐慢了下来，我意识到马上就要到达目的地了。果然，当我走出船舱，珠海特区的九洲港已屹立在正前方。此时，我看了看手表，整个航程用了一小时二十分。走上码头，我还不时回过头来驻足凝视着这艘英雄的缉私艇，心里涌起激越之情。再见了，"七〇三"，衷心祝愿你在未来的征途上继续扬波挺进！

面向大海的欢唱

深圳经济特区创办初期那些年，每当我到北京探亲或到内地其他一些省份出差公干，都有一些亲朋好友问我："深圳有大海吗？"听后我都立马斩钉截铁地回答："有！特区不仅有海，且是两面临海呢！"这种地理环境无论是从气候调节还是大力发展海洋和旅游事业来说，都可创造出很好的条件和优势。

我从小就喜欢水，可说是在水中长大的。我的家乡紧挨着浩浩的西江，江面十分宽阔，站在南岸大堤上向北眺望，总感一片烟雨苍茫，看不到边。每天从早晨到深夜，都有无数的航船来往驶过，大到五六千吨级的巨型货轮，远远地便鸣起长笛，开足马力驶过，似乎要向人们宣告："我又来了！"身姿多矫健豪迈啊，每当我听到巨轮发出的轰鸣声，我的内心也忍不住激动起来，再看那些以打鱼为生的小渔船，也不急不慢地在江面上漂过，最终留下了若隐若现的点点帆影，构成一幅迷人又难忘的画面……

直到 20 世纪 80 年代初，我来到了深圳经济特区工作和生活，才真正看到了大海的真实面貌，且有机会不时亲身与大海接触，也就更感到激动和震撼了。

　　深圳的北面，面临着浩渺的珠江出海口，即南宋名将抗敌英雄文天祥在《过零丁洋》一诗中所提到的伶仃洋，福田和南山两区都有不少地段被深圳湾所环抱，风景十分壮美，沿岸十多公里已被建设为游览观景区。

　　深圳湾这儿的海，与别处不同，虽海面宽阔，但水深却浅，即使涨潮时又遇刮大风，也掀不起让人惊骇的滔天巨浪来，要亲历欣赏大海惊涛拍岸的景色，只能到深圳南面的大鹏湾。那么，深圳湾这片海往往使游人来后便流连忘返的迷人之处在什么地方呢？就在它近岸的海水清浅而透明，仿佛有众多的光融进水里，使它的颜色变成像液体的水晶一样，海底下藏着啥生物也看得清清楚楚，让人百看不厌。但更为吸引人的是退潮后它显露出来的一大片一眼望不到头的橙褐色的海滩，海滩里有好些海洋小生物，小海蟹在石头缝里穿行，海参在浅水里蠕动，众多的海螺也在软软的沙石边冒出头来，蚌在硬壳里睡觉，还有一些小鱼儿在水洼中漫游。游人们在海滩上行走，捡拾贝壳花石外，要是还能捕捉到这些海里的小生物，自会欢喜若狂，若还能看到各种飞鸟在近距离觅食就更有意思了。

傍晚夕阳缓慢地降落在大海西边的天际，淡红的光散落在柔和的海面上，清风徐来，掀起一排排小浪，耳边听着微微的浪声，再配以远处众多高楼大厦所装饰的五光十色的霓虹灯光，坐在海边的椅子上，悠然自得，尽情欣赏这一幅幅天然人工合造的美景，不仅足以醉人，同时也显示出深圳湾的迷人之处了。

深圳湾众多绮丽诱人的风景中，有一处是绝对不应漏掉的，那就是海中东边靠岸的一大片红树林，连绵达好几公里。生活在内陆的人们，看到生长在土地上的各种树木，实在太多了。但如果他没有到过南方的海岸，就不曾亲眼见到那种名叫"红树"的灌木。这种灌木虽然没有高大的身姿，枝干也不粗壮，但却韧劲十足，枝叶繁盛，喜欢在岸边的海水中生长。它不怕强风巨浪的刮打，暴风雨过后，仍然平稳地挺立在海边，犹如一条海岸中的绿色长城。每当大海涨潮时，各种飞鸟便飞到红树林的顶端枝叶上歇息。远远望去，犹如一个个千姿百态、亭亭玉立的下凡仙女，在迎风翩翩起舞弄清影，煞是迷人，此时也是观鸟的好时机，但不能大声喧哗和急步走动，否则鸟儿就被吓跑飞了。

那么，一年四季里哪个季节到这儿的红树林观鸟最好，也尽可能多看到各色各样的鸟儿呢？那就是11月到来年3月。这段时间北方地区进入冬季，很多候鸟都要飞到南方温暖地带来过冬，而深圳湾又处于东半球候鸟迁徙路线的主要中转站和歇脚地。据不完全统计，每年冬季飞抵深圳湾的候鸟种类，主要包括鹭类、鸭类、鸻鹬类和鸥类等，共170多种，最常见的有苍鹭、白鹭、夜鹭、池鹭、野鸭、丝光椋鸟和斑鸠、白鹈鹕等，近年更发现了黑脸琵鹭、黑翅长脚鹬、白琵鹭和黑枕王鹟等珍贵稀有品种。其中，白琵鹭是大型涉禽，全身羽毛白色，腿下部裸露呈黑色，远望亭亭玉立、十分秀美。据国际相关调查，至今全球这种鸟共有3万多只，而我国也只有892只，足见珍贵。黑枕王鹟，被亲切地称为小蓝鸟，其雄鸟除腹和尾下覆白色羽毛外，通体包括两翅和尾表面几乎全为青蓝色。雌鸟头颈暗青蓝色，背则显灰蓝褐色，也别有风采。如若在一次旅游中，能观望到上面这众多鸟类中的两三种，就算收获颇丰，不枉此行了。

深圳南边面对的则是浩瀚南海中的大鹏湾，它与上文所说的深圳湾相比，别有风貌。因全湾水深达几十米，真可谓无风也起浪，且涛声不断。每到大风季节，海浪更起劲了，一浪接一浪不间断地向岸边奔腾而来，发出一阵阵雷鸣般的响声。

如若遇到变天，大海变得更骇人了。此时整个海面，风云变色，一团团黑云压顶，波涛汹涌，一排排巨浪，从那灰黑色的天际，以排山倒海之势呼啸着向岸边狂压过来，猛扑向那巍峨矗立的岩石，时而没过岩石的头顶，时而扑到岩石的腰板上，发出天崩地裂的咆哮声，掀起一个个丈把高的浪花，气势磅礴又吓人。如若亲身看到这难得一见的海景，也不失为人生中之一件大乐事，足以令人永志难忘！

此外，大鹏湾还有大小梅沙两个旅游景区，外地来深圳人士必到，乐而忘返。

人们可以站在海边对天长啸，凭海抒怀，深切领略海的磅礴气势和别有一番风味的海景；也可以到海里去做个弄潮儿，沐浴波涛；更可以在那绵亘细软的海滩上铺一身的金粉，接一缕阳光，留下难忘的回忆。

荔 园 晨 曦

　　清晨，太阳还没有升起，空气里弥漫着破晓时的凉气，整个大地笼罩在薄雾之中。而此时，地处市中心的荔枝公园已从沉睡中苏醒，先是从东、南、北三个入口的林荫道上，传来了隐隐的脚步声，伴着从浓雾掩映的树木叶子上露珠的滴落声，慢慢地人们的欢声笑语便充溢了整个荔园，新的一天开始了。

　　过了一会儿，太阳开始上升。在遥远的深邃的东方天际，现出了一片柔和的浅紫色鱼肚白，接着，天空中种种奇妙斑斓的色彩全显现出来了，微微波动的湖水与此应和着，发出一闪一闪的银光，周围的绿树花草变得更加碧绿鲜嫩了。在微风中传来了附近大钟楼那雄浑清脆的钟声。大地的一切生物都在运动着，显示出活脱脱的强劲生命力。

　　这时，人们在荔园的活动也能看清楚了。

　　在临湖的绿茵地上、树丛下，有三五成群的人在锻炼身体。他们中有两鬓花白的老人家，也有风华正茂的年轻人。看，他们个个的神情是那样投入、专注，任凭旁边发生什么事，他们都似乎压根看不到听不见似的。等他们练完功后，我忍不住上前与一位老翁攀谈。

"老伯，这么早您就到这儿来练功，为的是什么啊？"

老伯听了我的问话，乐呵呵地说："为什么？不就是要把身板子练得更结实一些吗？碰上时下的太平盛世，日子一天比一天好，有谁不想多活几年哩。"的确，看看我面前的这位老伯，古铜色的脸庞泛着油光，说话的声音还犹如洪钟般响亮，一点也看不出衰老的样子，这样的人能不长寿吗？

我转而问身边一位年轻人，他的回答也富有深意。他说："锻炼能强身健体，使精神旺盛。身处当今不断发展、充满竞争、紧张和快节奏的社会环境中，没有强健的体魄和充沛的精力是应付不过来的。为了事业和前途，就得花气力……"话还没说完，手机铃声响起，他接听后随即说八点钟已约好客商洽谈生意，不能耽搁，说了声"对不起"便头也不回地走了。不过，从他那简短的话语中，我也能感受到他的勃勃生气。

在荔园高处中心的高大的八角亭的底座大厅，又另有一番情趣。只见黑压压一大群人，在晨曦的迷蒙中，随着轻柔优美的音乐旋律，正双双相拥着翩翩起舞。他们中有男有女。虽然不少人舞步还不是十分纯熟优美，但人人喜形于色，个个开怀舒畅。一天的开始，人们就沉浸在人生的欢乐里，实在是天大的好事。时值荔枝开花的时节，从周围荔枝树丛中飘送过来的阵阵幽香，伴随着在天空中缭绕的乐声，就更加诱人，使人心醉了。这一切，不正是国家兴旺的征兆，社会祥和的生动写照吗?

在秀丽的石拱桥西边不远处的一块草地上，更有一群衣着入时、打扮新潮的姑娘小伙子聚集在一起，分成几组，有的在练习歌咏，有的在排练舞蹈，歌声、乐曲声与优美的舞姿互相融合辉映，更给荔园增色不少。原来这是附近一个单位的年轻职工，为了欢庆"五四"青年节，正抓紧在准备节目。他们要用自己的全身心，以自己的丰富想象和创造力，去尽情地欢庆自己的节日，去讴歌美好的新生活。日间上班没时间，就只好利用早晨这美好时光了。他们生龙活虎的模样、激扬飞越的神情，还有排练时一丝不苟的精神，使我看到了特区的未来和希望。

在湖边亭台水榭的凭栏上，在树下的长椅上，还有三三两两眉清目秀的学子在全神贯注地读书学习，不时还传来朗读英语的声音："You are lucky to travel like that（能像那样旅行你真走运）！"声音是那样清脆悦耳。我问一位姑娘："你每天早上都到这儿读书吗？"

她爽朗地回答："是的，只要不下雨，我都坚持来。"

"有些人感到学外语枯燥，困难较大，学一阵子就不学了，你觉得怎么样？能坚持下去吗？"

"当然能！为啥不能呢。对于我们这些十多岁才起步学外语的人，困难确实不少，但只要咬紧牙关坚持下来就有收获。常言说'只要功夫深，铁杵也能磨成针'哩。可不，我经过快三年的努力，到七月考试及格我就能英语专业大专毕业了，这不是很好吗。"话语充满着坚定和自信，还有一种自豪和洒脱。这就是特区青年的本色。

时间一分一秒地过去，天边也渐渐地亮起来。霎时，粉红色的云片被冲开了，一轮朱红色的太阳从天际探出头来，于是霞光布满了半天，以其温暖的光芒，沐浴着整个荔园。此时，缕缕初露的晨光，揉进了彩色的明霞，伴着习习的春风，使荔园变得更鲜艳更有生气了。

啊！晨曦中的荔园，你不就是深圳特区这块南国边陲大地，一派生机勃勃的鲜明缩影吗？

特区有这样一位女性

——记市"三八"红旗手陈杏芳

相信命运，无心抗争的女人，只能默默地忍受生活的重压，在"做女人难"的声浪中度过一生。而那些意识到生来为人的自身价值，觉醒到活在世上也要为社会为国家做贡献的女人，情况就截然不同。深圳就有这样一位生活中的强者，她名字叫陈杏芳。

她是我市的"三八"红旗手、罗湖区工业战线的先进工作者。此刻，当我坐在她的对面对她进行采访时，这位平时开朗、豁达、热情大方的中年女性，却陷入深沉的思索之中。

她出生在本地宝安县沙井镇一个贫苦的家庭里，8岁丧父，全家四姐妹，还有一个老祖母，只靠母亲在街边摆小摊卖小货物维持生计。因此，她15岁时，眼看着别的孩子欢蹦愉悦地沉浸在长身体、长知识的美好岁月，却要辍学毅然走向社会参加工作。正是贫苦的生活使她从小养成独立自强、奋发好学的性格；从小缺少家庭温暖，使她对人与人之间的真诚、体贴和爱护倍加向往和珍惜。

1963年，她以初中毕业的文化水平，从开始在供销社百货店站柜台当服务员，到去小学任民办教师，再到1979年调入特区在罗湖T恤衫厂当会计，每一程她都坚定地迈出有力的脚步，做出突出的成绩，用辛勤的汗水不断地去编织五光十色、耀人眼目的生活花环。

从过去在百货店和学校兼任财务到在工厂任专职主管会计，中间的确横亘着一条鸿沟，但陈杏芳有决心、有毅力用最短的时间跨过这条鸿沟。办法是不懂就拼命地学。当时，凡是市里开办的会计培训班她都挤时间去参加；无论在办公室还是回到家里，一有空她就拿起有关的会计书来，潜心钻研。功夫不负有心人，一年后，她便成为一名称职的会计员。更由于她的好学精神和出色的工作成绩，1983年被评为广东省财务系统的先进工作者，在她的人生旅途上写下了无愧于心、无愧于社会的生活篇章。

抚今追昔，当我问起她对这段人生阅历有什么感想时，她爽朗而深沉地回答说："这怎么说呢，我文化不高，不会编什么词儿，但初中时我读过《钢铁是怎样炼成的》，奥斯特洛夫斯基在里面有句名言，'人最宝贵的是生命。生命每个人只有一次。人的一生应当这样度过：当回忆往事的时候，他不会因为虚度年华而悔恨，也不会因为碌碌无为而羞愧'。这段话至今深印在我心上，也可说是我一直以来工作的座右铭。"

1985年6月，陈杏芳的工作环境又改变了，她是罗湖区莲塘开发公司工业开发部的副部长，还主管与外商合办的宏大服装有限公司的工作。地位变了，环境也变了，但她的性格和工作精神并没有变，请看下面一组镜头：

公司创办之初，一无资金，二无厂房，三无材料，四无技术人才，如何办企业？在这段日子里，经常看见一位中年妇女，带着几个人在杂草丛生、低洼不平、污水横流的荒地上平整土地，清理环境，在废弃鸡场上来改建办家具厂、五金厂。他们有时顶着烈日暴晒，个个干得汗流浃背；有时被大雨淋成落汤鸡，手中的活却始终没有放下，整个工地不时洋溢着欢声笑语。

在莲塘工业区七小区一幢工业厂房的简朴会议室内，一位打扮入时、落落大方的中年妇女，正在与一位精明干练的港商进行合资办厂的谈判。会议已持续了三个多小时。这位中年妇女为了说服对方接受我方的条件，差不多口干舌燥了，但她仍精神奕奕，神采飞扬。最后，港商许先生佩服地说："陈小姐，你很精明，也很会说话，我算服你了。OK！我全部答应你方提出的条件，我相信今后与陈小姐这样的人合作将会很愉快。"

一个星期天的上午，在与港商合办的来料加工的宝石厂门前，港商老板娘许太与其侄子因内部纷争发生口角，跟着这位失去了理智的年轻人拔出匕首，要向许太刺过去。正在这时，陈杏芳突然出现在他的面前，制止了这一举动。原来，她是闻讯立刻从家里赶来的。通过向双方做工作，事件平息下去了。本来，港商许先生在盛怒之下，提出要终止合同，这个厂不办了。但当他事后得悉我方主动出面帮做调解工作后深受感动，连连说："有这样热情、及时做调解工作的陈小姐在，为我分忧，我与你们合办企业就放心了。"结果，这个宝石厂不但没有关门，许先生还主动介绍了另一位宝石商前来合办起了另一间宝石厂。

去年秋的一天，在宏大服装公司的办公室里，陈杏芳正聚精会神地与下属谈话，交代工作，突然感到一阵头重脚轻，天旋地转，扑通一声，跌倒在地上，昏厥了过去。经大家送到医院抢救，她被医生确诊为劳累过度。本来，医生嘱咐回家后要静养几天，但第二天她又若无其事地出现在车间里了。

一次，正当陈杏芳在市里一个宾馆的会客室与外商洽谈生意，突然电话铃声响个不停，原来她的小女儿得了急性肺炎，正在医院打吊针，家人来电话一再催她赶快到医院。她接听后心里虽也焦急，但却岿然不动，若无其事地继续进行洽谈。可过了一会儿，电话铃声又响起。这时，连外商也提出，洽谈先中止，让她到医院看看。但陈杏芳斩钉截铁地说："不！洽谈继续进行。"就这样，生意谈下来了，却招致了家里人的强烈不满。

…………

这一个又一个的镜头，在人们的面前自然而然地组合出这样一个形象：这是一个视事业如生命，时刻把工作放在第一位，真正做到先公后私的女强人！

陈杏芳常说："女人也是人，别人做到的，我也要努力做到。"

陈杏芳从小就憧憬美好的未来，但她知道，神圣的工作在每个人的日常事务里，理想前途在于从一点一滴做起。伟大的文学家莎士比亚说过："金字塔是用一块块石头堆砌而成的""最低陋的事情往往指向最崇高的目标"。的确，滴水能穿石，不仅因为它目标始终如一，还因为它持之以恒。陈杏芳就是这样，她整天脚踏实地埋头苦干，一步一个脚印地向着为社会主义祖国干一番事业的理想彼岸走去……

这样一个把全部身心都投入工作的人，人们也许以为其生活一定单调乏味，其实这是一种误解。陈杏芳性格外向，热情开朗，从小就注意修饰，衣装入时，还爱唱歌、跳舞。为此，早在 20 世纪 60 年代她刚踏入社会不久，便被作为受资产阶级生活思想腐蚀的对象而受到错误批判。每思及此，她只能付诸一笑。她常对人说："不懂得热爱生活的人，又怎会懂得热爱工作呢？"人生最有意义的事情是改造旧世界，建设新世界；人类最高的欲求是不断创造新生活。虽然20多年过去了，岁月不饶人，她自己已从一个天真活泼、幼稚纯朴的姑娘，步入了稳重成熟的不惑之年，但仍保持着那一股子对生活向往的激情。在公司里，她积极协助工会、共青团开展文体活动，教大家唱歌，组织职工到旅游胜地参观游览；在家里，她分期分批地举办舞蹈培训，教同事们跳交谊舞，为大家的业余生活增添色彩。

曾经有人劝她："这些又不是你的分内事，又何必去操心呢？"

但她心里想：组织文体活动，虽然占了一些休息时间，却换来了大家心情舒畅，增进了融洽气氛，从中可为公司增加一分凝聚力，个人辛苦一点是值得的。从这个侧面，不也反映出这位孜孜不倦地进取的女性的美好心灵吗？

然而，生活的航船绝不总是风平浪静的，在它的面前，有时碰到的是满天云雾，转瞬间又会展现出火红的太阳。近些年来，正当陈杏芳在人生的道路上以饱满的热情和干劲，一个心眼地向前冲刺的时候，却出现了一个不大不小的障碍，这就是家庭矛盾的爆发。这使她常常陷入痛苦之中。

过去，在工作中，在政治生活中，她曾承受别人的暗箭中伤，蒙冤受屈。但她并没有被压垮，咬着牙关挺过来了。现在，家庭出现了裂痕，就不能靠自己的努力去弥合吗？面对这个生活中的严峻考验，陈杏芳并没有在困难面前退却，她决心在生活中也要做一名强者。

每当夜阑人静周围的人家都已沉入梦乡之时，过去家庭生活的一幕幕又浮现在她的脑际：

她想到，自己与爱人的结合，虽是经朋友介绍，只见过两次面便举行了婚礼，但当时想到，别人是先恋爱后结婚，我们可来个先结婚后恋爱呀。电影《李双双》中的李双双夫妇不就是这样的一对吗？事实上，婚后她一直是沿着这个目标走过来的。

她想起，曾听别人说过，爱情不是花荫里的甜言，不是桃花源中的蜜语，不是轻柔的眼泪，更不是死硬的强迫。爱情是建立在共同的思想、志向和愿望基础上的。那么，我们两个都从小缺少家庭的温暖，过早地离家而自立，都有建立一个温馨家庭的强烈愿望，这就是弥合裂缝的共同基础。

她知道，爱情不只有春天的花朵、夏夜的明月，也还会有秋天的泥泞、冬天的冰雪。只有用纯洁的品德做桥梁联结起来才经得起考验。而纯洁的品德是双方都具备的。

她更明白，家庭之所以出现裂缝，主要还是由于爱人对自己所从事的事业缺乏理解，较热衷于小家庭的温暖。但如果我们生活的全部目的仅在于我们个人的幸福，而我们个人的幸福又仅仅在于爱情，那么生活就会变成一片遍布荒凉枯冢和破碎心灵的真正阴暗的荒原，变成一座可怕的地狱。因此，必须耐心地做家人的工作。

经过如此这般的思索分析之后，陈杏芳就细致地、认真地去进行弥合家庭裂缝的工作。为了减轻丈夫因自己工作繁忙，不能照顾家庭而挑起的家庭重担，她专门雇了一个保姆做家务活。为了辅导儿女的学习，又雇了一个家教。为了弥补自己在家里时间少的缺陷，她一回到家，便给予丈夫更多关怀、体贴。她耐心地教会了丈夫跳交谊舞，邀请一些朋友到家里开交谊舞会。每个休假日，不是她陪丈夫带着孩子到公园里玩，就是丈夫陪她上街到商店购物，共享天伦之乐。

俗语说，精诚所至，金石为开。在做了这些工作以后，收到了很好的效果。过去在家庭中曾一度出现的紧张局面，大大地缓和下来了。理解代替了埋怨，对立、不合作的情绪被融洽的气氛所取代。去年冬，陈杏芳发烧卧床，而恰恰这时外商通知要谈一宗生意。

怎么办？她爱人毫不犹豫地背着她到洽谈的地方，生意谈妥后，又背着她回家。这样的事，若在早先是根本不可能的。由此，便可窥见出这个家庭关系变化之大了。是忠诚、纯洁和豁达的品格医治了两颗濒于破碎的心灵，是自强、坚忍和理解精神支撑住出现裂缝的家庭大厦。

如今，实践已经表明，陈杏芳这位特区普通而平凡的女性，不仅是工作、事业上的强者，也是家庭生活上的强者。可以相信，解除了后顾之忧，伴随着从这个家庭传出的阵阵欢声笑语，她将踏着更坚定的脚步，走向那未来更光辉灿烂的理想彼岸。

新城无处不飞花

——深圳夜生活巡礼

以往，一提"夜生活"，人们便把它与资本主义的生活方式画等号，这固然是观念上的一种偏见与狭隘，但也未始不与生活水平高低有关。其实，"夜生活"是世界上每个人都应享有的权利，不仅资本主义社会的人如此，对生活在社会主义制度下的人民也是自然而正常的。问题的关键只在于这种夜生活是否健康，能否给人一种物质上和精神上的美好享受。夜生活是否丰富多彩，的确是一个地区、一个城市的社会经济和文化发展状况的一个重要标志。

深圳，这个在我国改革开放的大潮中迅速崛起的南国边城，它的夜生活是丰富、绚丽多姿的，并且随着社会经济和文化的持续发展，不断增添它的妩媚和娇艳。

色香味美佳肴丰

一年四季，春夏秋冬，每当夕阳西下，华灯初上，遍布市区大街小巷的各类大小宾馆、酒家和小食店便热闹起来了，特别是每当周末的夜晚，生意就更加兴隆。

说到吃，深圳可谓包罗了全国各地的风味特色，除了本地蜚声中外的粤菜、梅州菜外，还有同样驰名世界的北京菜、四川菜和淮扬菜等大的菜系，也不乏各地富有历史传统的小吃如兰州拉面、陕西羊肉泡馍、天津狗不理包子、山西刀削面和北京涮羊肉等。特别是近年还开办了日本、泰国和韩国特色的饭店和美国麦当劳餐厅，人们不用走出特区半步，便可美美地吃到这众多的菜式，品尝到各地"吃"的不同风味。这种吃的丰富性及其发展的速度，无疑是内地城市望尘莫及的。

而夜晚前去光顾的人，有外国游客、在特区兴办合资或独资企业的外籍人士，也有本市宴客包席的众多公司的大小经理们，但更多的是从内地出差来深圳办事的和本地的职工市民。不少双职工的家庭，平时忙于上班，几天下来身体已有倦意，也就无心去刻意搞饮搞食，只好周末一家人到饭馆去改善了，同时还可领略到各地的风味特色，可谓一箭双雕，乐哉！

我在人民桥旁的成都酒家，就目睹了一家人在吃地道的四川菜时的动人情景。四口人个个被辣得脸红出汗，一面喊着"好辣"，却还一面不停起筷把菜往嘴里送。我忍不住走过去与这家人攀谈起来。

"你们一家人常到这儿吃四川菜吗？"我问。

女主人回答："不，这才是第三回。"

"那感觉如何呢？"

"辣得够味，痛快！的确痛快！"男主人深表满意地说。

我转向旁边的男孩问道："你也不怕辣吗？"

他爽朗而自信地说："怕？怕我就不来啦。不亲口尝尝，又怎能知道川菜到底是啥滋味呢？"从他坚定的话语中，我相信他长大后一定会是一位对事业敢想敢干的角色。

"不吃川菜时，你们又到哪儿吃饭呢？"

"到别的风味的饭馆。时下深圳的食店林林总总，各有特色。咱一家人每周出来吃一次，不仅增长见识，同时也是一种享受哩。"

从这一家子喜气洋洋的神态中，我体会到，这是因享受到美好生活的乐趣的一种自然流露。我深深地祝福特区所有的人家，在改革开放时代温馨的夜色中，都享受到我中华民族传统的天伦之乐。

琳琅满目夜市场

特区夜生活对吃的方面如此着意，对穿的、购物方面就更加上心。

香港是个自由港，素有"购物天堂"之称。其物品之丰富，价格之合宜，在国际上闻名遐迩，每年吸引了成百上千万的外国游客。而毗邻香港的深圳，由于受其影响，经过十年的经营，商业也迅速发展起来。除了建起了国商、国贸、环球、友谊城和天虹等一批大型的现代化的商场外，中小商店更是布满了各街各巷。除此之外，还在各区兴办了罗湖、人民桥、蔡屋围、南头、福田和白沙岭等小商品市场。每当入夜，商店里的灯光与门外的各式霓虹灯饰互相辉映，以其百彩纷呈的姿色，显示出特区经济的繁荣发达。

在这兴旺的商业之林中，尤以大小时装店为最。在浏览了众多散布在不同城区和街道的时装店后，有两点给我留下深刻印象。

第一点是不少名牌时装价格高得惊人，但特区的年轻姑娘和小伙子却不在乎。只要他们看中喜欢的，往往会毫不悭吝地买下。从他们满足的笑脸和喜悦的眼神中，我仿佛看到了改革开放所带来的一种观念上的变化，看到了年轻一代那自然洒脱的风貌。这就无怪乎有人说，逛街购物是夜生活的一种乐趣了。

第二点是价格面议幅度之大，恐怕也是中外之冠。一件时装从开价到最后议定，其差价最小的也有三成，有的甚至达到五成。不了解行情的人，事后往往大呼上当。这种状况，有人说是发展商品经济不可避免的。但我以为，这种讨价还价幅度之大，未免有店主骗人投机的心态，长期下去只怕是难以为继的。

娱乐诱人显特色

娱乐，是人们夜生活不可缺少的。特区创办前期，百业待兴，文化设施一时没能跟上，曾被人喻为"文化沙漠"。但现在这个不光彩的印记已被迅猛发展的文化娱乐事业所抹去。人们在夜生活中的娱乐方面，同样闪烁着缤纷的色彩。

入夜，深圳人便三三两两携带朋友或一家人到歌舞厅、卡拉OK去娱乐一番，听一曲清歌，品一壶香茗；或在悠扬悦耳的乐曲声中，双双相拥着跳起华尔兹；或到"大家乐"舞台自娱自乐；或到设备现代化的大剧院音乐厅欣赏高品位的音乐；或到"艺术广场"观看街头艺术演出；有的还可去看电影……

据统计，全市现有不同档次的歌舞厅、民歌酒廊、卡拉OK厅250间，一年接待顾客上百万人次；现有影剧院 60 多间，放映点 250 多个，一年可放电影 39500 多场，平均每天观影人次多达 9 万；到目前，全市"大家乐"舞台和"艺术广场"已扩展到 26 个，平均 5 天就有一场演出。数字是枯燥的，但从这些数字亦可管窥深圳夜生活了。

一次，在市青少年活动中心的"大家乐"舞台，我看到了一位业余女歌手的演唱。虽然她没经过严格的专业训练，但台风自然得体，歌声也较甜润优美，不时赢得台下观众的热烈掌声。特别可贵的是，她一点也不怯场，不知底细的人，还以为这是专业歌星在表演呢。

演唱完，我在台下访问了她。她的兴奋之情还没有消退，两颊红彤彤的，两颗又黑又大的眸子还放射着欢乐的神色。原来这位姑娘是华发电子公司的合同工，平时就酷爱唱歌跳舞，但苦于没有机会在公众场合表演。

我问她："过去在人们的心目中，上台表演都要拿取报酬的，而现在你不但没有报酬，反而要交钱才能上台，值得吗？"

"值得！怎么不值得呢？"她不假思索地答。

"此话怎解呢？"

"我上台演唱，通过观众的反应，可检验出自己的表现和水平是否获得承认。你不知道，刚才听到大家热烈的掌声，我心里多高兴啊，我真兴奋死了。同时，观众看了我的演唱也是一种享受，这不是一举两得很有意义吗？"话语洋溢着自信、自豪，十分有道理。

"往后你还会再交钱上台演唱吗？"

"当然唱啦。我还要多熟习一些新歌，从中继续提高自己的演唱水平哩。"

这就是特区年轻一代的生活风姿！

这就是特区夜生活的一个缩影！

我想，"大家乐"舞台演出形式的出现，为开展群众娱乐活动展示出良好的开端，找到了一条把艺术与群众相结合，真正为人民服务的新路子。它与剧场的专业演出相结合，为特区的文化建设增添了又一朵奇葩，无疑具有强大的生命力。

交友怡情好去处

深圳特区人口密集，年龄结构 30 岁以下的约占 70%，是国内最年轻的城市。青年人精力充沛，夜晚不少人喜爱户外活动。因此，市内各个公园和街道两旁的绿化带，也就成为市民夜生活的重要组成部分。

深圳城市园林绿化，不仅发展迅猛，现时已建成开放市、区两级公园 14 个，风景旅游区 5 个，共完成园林绿化面积 1600 万平方米，铺草地 420 万平方米，种植乔灌木 126 万株，绿化覆盖率已达 37% 左右，在国内大中城市中堪称首位，而且在风格上也很有特色。

每当夜幕低垂，各个公园和街旁的绿化带便人来人往，络绎不绝。人们三五成群或成双成对地坐在树下聊天，相互交流一天中获得的工作信息和社会信息，或谈古论今，各抒己见，气氛异常欢快融洽，一天的疲劳便跑得无影无踪。恋人们双双躺在柔软如地毯的草地上，眼睛看着天上的星星，耳边倾听着彼此心灵的跃动。此时无声胜有声，什么生活烦恼、宦海升沉和人世荣辱，统统犹如过眼云烟被暂时忘却，整个人沉浸在幸福快乐的氛围中。

夜是深沉的，但生活的色调却是明丽的。人不仅要创造生活，而且要热爱生活，不懂得享受生活的人，也创造不出新生活，这就是生活的辩证法。我想，深圳人是深明此理的。唯其如此，夜生活才会那么诱人。

遨游科学之海乐趣多

自然，上面所写的，仅仅是深圳夜生活的一部分。如果说，有所作为是生活中的最高境界，那么，接下来我们就可以看到特区人夜生活使人激动难忘的另一面了。

以设计新颖、造型美观、富有民族风格、设备先进著称的深圳图书馆，每天晚上，都以其辉煌的灯光展示着深圳夜生活那图强奋飞的一角。各类型的阅览室往往座无虚席。这里的肃静专注，与繁闹的夜市场和歌舞厅形成鲜明的对照。只见人们聚精会神地阅读着各种图书和报刊，有的在仔细翻阅的同时，还做着笔记。

是的，未来是科学与艺术的高度结合，技术的更新和产品的换代一日千里，不管干哪个行业的人，如果没有紧迫感，不尽可能多掌握各个领域的知识和技术，就注定要落伍，甚至被时代所抛弃。因此，在这座贮藏着科学与文明财富的库房里，人们都在争分夺秒地去钻研也就毫不为怪了。

生活是丰富多彩、令人神往的，但它对那些不甘于灵魂平庸的人，始终是一种不浪费光阴的战斗。

在市属的大型图书馆展现的是如此埋头好学的情景，而在各区街道办事处兴办的图书馆、室，情况又何尝不是如此呢？只不过它们的规模小一些、设备差一些罢了。这是我花了几个晚上专门到各区、街道图书馆、室考察后所得的印象。

事实上，到目前，在全市 40 多个街道办事处和乡镇中，已有 36 个建起了具有综合功能的文化站。全市已建立区、街、村三级图书馆、室 80 多个，藏书 40 余万册；企业图书室 210 个，藏书近 30 万册；中小学图书馆、室 108 个，藏书超过 20 万册。人们正是通过这源源不断的精神食粮吸取营养，以充实自己的头脑，活跃自己的身心，推动特区两个文明建设一浪高过一浪地向前发展。

刻苦攻读为明天

深圳的夜是美丽的，它舒展温馨而又生机勃勃。一个晚上，我来到了笋岗仓库公司。在这之前，有人向我介绍该公司的仓库区的规模、功能在国内首屈一指，经营业绩更为社会各界所瞩目，近几年每年营业收入都在 5000 多万元，创汇 1000 多万元港币，人均创利税 5 万多元。该公司这些业绩的取得，与其重视抓好职工业余培训密切相关。

百闻不如一见。当我到达时，虽才 7 点左右，可在整洁干净的培训班教室里，学员们已井然有序地坐在一排排的课桌后，几十双眼睛凝神专注地望着黑板，专心地聆听老师的讲解；教室外发生的一切，都丝毫影响不了他们。这是多么动人的一幕啊！

据介绍，该公司有 80% 的职工都先后参加过培训班，学习时间短的 3 个月，长的半年，大部分人都取得了好成绩。试想，有一支这么好学的职工队伍，公司的业绩蒸蒸日上也就在情理之中了。

如此出色的职工培训，并不是笋岗仓库公司独有。成人教育之花，早已开遍特区的每个角落。据市有关部门统计，10年来，全市已建立和健全了成人教育的管理网络，形成了一个由8所成人高校，6所成人中专，8所成人中学以及106个面向社会招生的社会办学实体，还有上百个企业培训机构组成的庞大体系。而全市参加各类文化、专业、技术培训的人员则达100多万人次。其中，仅经考核合格获得初级技术等级证书的有4万多人，参加中级技术培训的上万人，参加高级技工培训并获得高级技工证书的也近千人。这样一支刻苦好学、力求上进的职工队伍，给深圳特区创建十年社会经济的迅猛发展提供了重要条件，并为未来十年的腾飞打下了坚实的基础。

由于各类职工培训大多是在晚上进行的，因而也就为特区的夜生活涂上了一层绚丽夺目的色彩。人们下班后，匆匆吃下几口饭，便又奔到各个培训点去上课。这不仅仅是为了个人的前途，亦是大鹏湾和深圳湾浩荡潮水所掀起的社会进步波涛声的激荡！

从人们神采飞扬的眼神可以看出：生活，不仅是物质的，也是精神的；不仅是撷取享受，更重要的是信念、理想在实现的历程中每个人为之做出的贡献。

前不久的一个晚上，我在上步工业区燕南路的市成人教育培训中心访问了一位学员。他是市农牧联合公司所属莲塘尾农场的职工，二十七八，个子瘦瘦的，举动略显疲态，但说话时双眼一眨一眨的，显得很有生气。

莲塘尾农场坐落在香蜜湖度假村西北角，离市区十多公里，且山路不平。每天下班后，他顾不得吃饭休息，在背包里塞上几个面包，带着手电筒，便匆匆骑着自行车上路了。不管是炎夏的打雷闪电，刮风下雨，还是冬天的呼呼寒风，他都坚持着，近三年时间从没缺过一次课。这是多么难得啊！

我问他："你每天下班后还得来回跑几十里，一路上又是黑灯瞎火的，不感到辛苦吗？"

他回答："一点不假，确很辛苦。"

"夜晚，不少人都去寻娱乐消遣，而你为啥这样辛苦还来学习呢？"

"学习，不也是生活的一部分吗？"他用反问的口气回答，然后又深情地说，"说真的，这几年在工作业务上，我切身感到过去掌握的东西，大大不够用，且赶不上趟儿啊！"

是的，有着这样一种思想自觉和毅力的人，其生活也一定是感到充实快意的。望着他消失在夜色中的背影，我心中油然而生出一种钦佩之情。

深圳的夜生活确是丰富多彩的，它给人以欢乐和享受，给人以鼓舞奋进，也促使人回味思索；它一夜又一夜地延续以至于久远。我想，随着社会的进步，改革开放的日益深广，随着新的十年的腾飞，它一定以更加绰约的风姿和迷人的多色调，放射出社会主义现代文明的光彩！

希望在莲塘大地闪耀

金秋十月，阳光普照，空气清爽。我又来到了坐落在梧桐山南侧山脚、地处通往沙头角镇和东部开发区咽喉要地的莲塘，宛如与旧友重逢，感到十分激动。

我站在罗沙公路北边工业区大楼楼顶向四周眺望，几十幢清一色结构的标准厂房，整齐有序地拔地而起，耳边听着随着山风飘送过来的各种机器运作的声音，再看南边昔日被一大片芦苇丛覆盖的深圳河滩地上建起来的一排排新颖别致的住宅楼，我心里不禁怀疑：这就是我九年前曾采访过的莲塘大地吗？

下午我在肉菜市场观察，这儿又另有一番热闹景象。只见人们摩肩接踵，衣裙鲜艳，万头攒动，人声鼎沸，热浪扑面。货架上各种蔬菜、鱼肉、蛋禽，还有各色水果，浓青淡翠，琳琅满目，真可谓赤橙黄绿青蓝紫，好一派繁华的世界。而留给我印象更深的是，那数不清的买者和卖家，那一张张白的、黑的、黄的和紫檀般的红润面颊，都波动着丰富、明朗和欢快的色彩。

"啊，变了！大变了！"这是我重访旧地的第一个感受。我乐得随着人流去领略那生活的春潮，饱览那变幻诱人的情调。

突然，一位满头白发、红光满面的壮汉，手上提着一包烧鹅、一条活鲤鱼、一扎青菜和一瓶"石湾"米酒，急匆匆从人丛中迎面向我走来。那七分熟悉的身材和面影，勾起了九年前的往事。

1982年仲夏，我以刚创刊不久的《深圳特区报》记者的身份，第一次来到了这个远离市区好几公里的穷山窝采访。走下车，收入我眼底的是，在一大片高低不平的丘陵荒野中，散布着一座座破旧灰暗而又杂乱的农舍，其中有一两间新房，是香港同胞回来兴建的。这时，虽说特区已兴办，但因这儿离市区较偏僻，市里一时鞭长莫及，所以变化还不那么大，大部分村民主要还是靠过境到香港新界打零工谋生。

当时详细对我讲述莲塘这块地方的历史沿革和往昔境况的，就是这位年过半百姓李的汉子。在他家布置简陋的屋厅，他虽侃侃而谈，脸上却不时流露出难过之色。当谈到往昔使人揪心的境况时，我面前这位坚定地留下来不走，立志带领村民们重整家园、发展生产的硬汉子，红红的眼眶里溢满了泪水，声调也难过得低了下来。逝去的记忆虽然苦涩，却有价值：作为背景，能更好更有力地说明今天。

"啊呀，这么些年不见，今儿什么风，又把你吹来啦。"我们一碰面，姓李的汉子高兴地说。只见他脸上的皱纹显得比过去少多了，更添神采。

"近几年我已不当记者，采访的机会自然也就少多了。"我随口答道。

"走，到我家去，咱们还像当年那样，好好聊聊。"说着，他不容分说，拉着我一直朝前走。

他家原先是三间破旧的平房，可如今已被一幢漂亮的四层小洋楼所代替，室内的陈设也堪称现代化，昔日那种寒碜样已不见影儿了。

"记得九年前我采访过你，没想到几年间变化这么大啊！"坐下后我们便很快聊开了。

他愣了愣，瞬即爽朗一笑："这已是老八辈子的事儿了，世道变了嘛。如今改革开放，合着大伙的心咯，生活还不一个劲往上蹿？现在有哪一户不富起来？"

"现在还有人靠过境到新界打零工谋生吗？"

"没有咯，"老李一面说一面还连连摇着手，以增强他话语的力量，"现在村里办的各种企业里的活儿整天都干不完呢，再说到那儿去打零工，收入还没在家多呀！"然后，他嘻嘻地笑着问我："老吕，你信不信？"

信！我当然相信。老李这位忠厚纯朴的农民，话语是实在的。据我所知，自深圳特区创办十年来，莲塘村利用国家开发给的征地费，先后独资和与外商合资合作，办起了 10 多个中小型企业，逐步实现了从农村向城市化的转变，本村劳力不足，还雇用员工两千多人。到 1990 年底，全村人均收入超万元。

啊！笑吧，这是幸福的笑，自豪的笑。这笑里，包含着多少鲜明的时代巨变的影子，深寓着多少朴素而又雄辩的生活意义啊！这不是他一个人的笑，实在是特区农民在共同流露他们的快乐、愿望和信心。

这次旧地重游，我还采访了罗湖区的莲塘开发公司。

1985 年 4 月，中共罗湖区委和区管委会，为了开拓、发展本区工业，经过一番详细调查研究后，决定在莲塘这片连绵起伏、撂荒沉睡的土地上兴办工业区，为此专门成立了莲塘开发公司，但由于区财政困难，只能拨出 5 万元开办费。

5 万元要开发兴建工业区，乍听确乎是天方夜谭式的神话。但公司员工硬是凭着坚强的意志和惊人的毅力，利用滚雪球的办法，克服重重的困难，经过近 6 个春秋的艰苦奋战，初步实现了兴建工业区的计划。前面说到的几十幢标准工业厂房和一排排漂亮实用的住宅楼，还有肉菜市场、商业街、变电站和自来水厂等便是公司业绩的历史见证。如今，整个莲塘大地，已旧貌换新颜，到处充满着勃勃生机。

在一派跃动前进的浪潮声中，莲塘开发公司本身的资产也由兴办时的 5 万元，变成 6000 万元。公司成为实力较雄厚的大户，每年除上缴国税的 1000 多万元外，还创造利润 1000 万元，公司的工业产值占整个罗湖区工业产值的一半。

这就是价值，人生的价值！

啊，复活的、沸腾的莲塘大地，希望在闪耀！在这儿奏出的建设和生活的交响曲，又是这么醉人！它刷新着人们的记忆，以金色装点着新生活，装点出特区的美……

淡水养殖珍珠曲

在我国，海水养殖珍珠已有几千年历史，唐代诗人王建在其《海人谣》一诗中，就曾对当时南方沿海采珠人的痛苦生活做过深切描绘，诗云："海人无家海里住，采珠役象为岁赋。恶波横天山塞路，未央宫中常满库。"

宝安这地方，海水养殖珍珠也很早。据记载，在南汉时，位于珠江出海口的后海湾一带，就是古老的采珠场，并设置有"媚川都"的机构负责管理，采珠业十分兴旺。之后，历经宋、元、明、清各朝代，虽时兴时禁，但始终没有中断。中华人民共和国成立后，由于当地政府的重视，建起了新的养珠场，进行人工养殖和培育，古老的海水养珠业大放异彩。

但淡水养殖珍珠，情况就截然不同了。它是 20 世纪 60 年代中期才在江浙一带兴起的，这对深圳来说，更是近年才出现的新鲜事。

珍珠其实是蚌体内的一种特殊分泌物的结晶，只不过这蚌苗须经专门的技术处理。那么，淡水珍珠较之海水珍珠有何不同呢？据权威专家介绍，前者比后者有光泽，色彩也更斑斓，因而也更逗人喜爱。也许，这就是近些年来淡水养珠业在一些国家得以迅速发展的原因吧。而向我介绍的这位专家权威，不是别人，正是我国闻名遐迩的"珍珠大王"周波。不过，我与周波相识却是偶然的。

去年初冬，我到市农牧联合公司采访，公司负责人向我介绍情况时提到，该公司下属的莲塘尾农场与南京市浦口区珍珠养殖场合资，联合在农场开发淡水珍珠养殖。临末还说："这几天，珍珠大王刚好来了，你赶快去看看，说不定还可趁便采访一下他呢！"

第二天，我便带着浓厚的兴趣来到了莲塘尾农场。当我站在农场办公楼门前的绿草地向周围扫视时，真不敢相信自己的眼睛。啊！变了，一切都变了！变得是这样美丽，令人神往，记忆的长河一下子奔驰到眼前。

1983年初夏，当时市农艺院附属的集约化养鸡场正在这儿破土动工兴建，我第一次来到这地方。只见山连着山，岭接着岭，一提脚就要爬山，到处灌木丛生，山草长有一人多高，走上十里路，不见一个人影，真是与世隔绝。我到工地时，也是爬过一山又一山，沿着弯弯曲曲的羊肠小道，花了几个钟头才到达的。

可如今半山腰一带，是一片片生长繁茂的荔枝林，近山腰果林带下是一排排现代集约化猪场的猪舍和猪粪水综合处理装置，山脚下便是开挖出来的一大片平平展展的鱼塘，呈现出好一派立体式生态农牧业的美好图景。深圳特区的淡水养殖珍珠就是在这片鱼塘落籍的。

这天在养珠塘畔，我果真看到我国鼎鼎有名的珍珠大王周波。他这次是专门前来实地检验这第一批蚌苗，看是否到可收获珍珠的时候。

这时，他正站在塘边指挥养珠工人把蚌苗从塘里捞上来。当人们看到养珠工人把蚌苗打开，取下在蚌内孕育出来的一颗圆圆的、晶莹闪亮、色彩斑斓的珍珠时，都兴奋得跳起来。

原先我以为这样一个有名的养珠大王，肯定已经上岁数了，但实地一看，才知道他还不到 40 岁。他，高高的个儿，生得龙腰虎膀，特别是两道浓眉下的两只黑亮的大眼睛更富有神采，浑身散发出一种开拓创业的活力。

在农场的接待室里，我们像一对老朋友无拘无束地倾谈起来。从他的嘴里，我获得了不少有关淡水养殖珍珠的知识和新鲜事，他那豪爽的性格和平易近人的作风也给我留下深刻的印象。

别看周波还不到 40 岁，可他从事淡水养殖珍珠已有 20 多年的历史，而且成就斐然。

20 世纪 60 年代中期，当淡水养殖珍珠刚刚在我国江浙一带兴起，进行试验时，当时正好高中毕业的周波，便参加了这项工作。在生产实践中，他发现珍珠是由蚌体内的一种特殊分泌物积聚而成的。然后，他又结合阅读、借鉴有关的科学文献，发明并掌握了一种使蚌体能大量产生这种特殊分泌物的专门技术。如此一来，淡水养殖珍珠便逐步推广起来了，并成了江浙一带农民致富的一条成功之路。不过，尽管如此，在周波本人直接指导和参与养殖出来的珍珠，比别的地方产的更显得颗粒大，色泽好。特别是 20 世纪 70 年代末，他担任南京市浦口区珍珠养殖场场长时，亲自养出了一颗淡水珍珠王。这颗珍珠又圆又大，重 30 多克，直径近 2 厘米。整颗珠儿晶莹剔透，摆在案上满室生辉，实为国内外罕见，他那"珍珠大王"的美称也由此得来。日本有位商人闻之专程到该场参观，提出以一万美元买这颗珍珠王，但被周波婉言谢绝了。

我问他："这么高的价你为啥不卖呢？"

他不假思索地回答："价钱不是问题。这颗珠王是咱们养珠工人聪明智慧的结晶，也是咱们养珠场的光荣，其价值绝不是能用金钱衡量的。我们把它作为珍宝展览，供人参观欣赏呢！"话语中充满了自豪。

到了 20 世纪 80 年代，随着改革开放政策的落实，有不少养珠工人纷纷离开国营和集体的养珠场，想方设法搞起个体养殖珍珠，不少人也由此发了大财。于是，周波的家人、下属和朋友都纷纷怂恿他自立门户，另起炉灶。不错，依周波已有的技术、经验和声誉，还有多年来在国内外珍珠市场上所建立的各种关系，他要退职兴办私人养殖珠场，大可成为百万千万富翁。但这种主张，却遭到了他的断然拒绝。他深情地对我说："我是个共产党员，全国人大代表，怎么能只顾个人发财呢？我希望的是祖国早日富强、民族兴旺和人民共同富裕啊！"

从这落地有声的话语中，我分明看到在他心中，涌流的是一种对党对国家对人民的庄严神圣的感情。记得有位哲人说过："人的永恒的幸福不在于得到什么，而在于献身于比自身更伟大的事业。"我想，坐在我面前的这位珍珠大王，不正是这样的一个人吗？

"这次，你为啥会想到到深圳特区来拓展这项事业呢？"

听了这问话，周波的话匣子便又滔滔不绝地打开了。他是那样激动，又那样充满着自信和力量，我不由得也被深深地感染。原来，事情是这样的。

由于近年来淡水珍珠在国际市场上竞争十分激烈，要战胜国外的对手，就必须想办法进一步提高珍珠的产量和质量。而要达此目的，首要的一条是延长蚌体的生长时间，才能相应地增加蚌体的分泌。但江浙一带受到气候的局限，每年一到冬季，蚌体便得冬眠，其分泌也随之停止。要解决这个难题，唯一的出路就是向一年四季没有封冻的华南地带发展。于是，1988年秋天，周波这个养珠大王便亲自风尘仆仆地来到深圳，进行实地的考察和联系。几经周折，终于找到了市农牧联合公司这个理想的合作对象。两家决定以莲塘尾农场的鱼塘为基地，共同投资50万元，兴办淡水养殖珍珠这项事业。

翌年春天，周波又带着一大批蚌苗和技术人员来到农场，亲自指导把经过技术处理的一个个蚌苗，第一次投放在南国边陲这块土地上，从而开创了特区淡水养殖珍珠的先河。经过三年时间的养育，如今已经结出硕果：每亩鱼塘产珠25斤，以每斤珍珠3000元价计，不但可收回全部投资，且有盈利了。

从这件事和周波身上，我不仅深切地体会到，在这每寸洒过热汗的土地上，都散发着热腾腾的生活和为美好明天而奋斗的激情与力量，而且也看到了深圳特区未来发展的更加壮阔灿烂的前景。这前景，像一幅轮廓鲜明的彩画，已深深地勾勒在我的脑海之中。此时，我心潮的浪花在激溅飞扬……

啊，令人难忘的路啊

　　一说到路，往往令人兴味无穷，因为路埋藏着众多各式各样迷人的故事。正如有人说过："路"字的构成一半是"足"，意思是指脚所踩的地方，另一半是"各"，代表各人有各人的去向。有所往、有所返、有所离、有所聚、有所予、有所求，统统在路上。

　　是的，整个地球上有数也数不清的路，有大的，也有小的，大有能让特大型的车辆畅通走过的通衢大道，小有只能单人行走的羊肠小道；有平坦笔直、美观如画的路，也有坑坑洼洼、凹凸不平又弯弯曲曲的破路，从而给行人留下好恶不同的印象。

　　不错，笔者本人有生以来，从南到北，又从东至西，在广袤的神州大地上，所走过的大小不同的路着实不少，但在脑海中，在心灵深处留下永久不灭印记的，只有如下三种路：一是家乡的石板路，二是当年的红军长征路，三是深圳特区建立后所建造的路——深南大道。

我的家乡原称鹤山围墩，濒临浩瀚的西江下游，与佛山市南海隔江相望。在这方圆几十公里范围内，河流纵横，鱼塘遍布，中间人居楼房和绿树环抱，形成了一幅幅独有的多姿多彩的美丽画卷。但更独特的是鱼塘边上用花岗岩石板在水面上架设起来的桥，相互紧密连接，共同组成一个供人出行的交通网，蔚为壮观。我敢说，这种石板路不仅在国内各地，即使放到整个世界，也是绝无仅有的交通杰作，充分展示了咱们中华民族的志气和力量，我更为此而自豪！

具体说来，用花岗岩石板铺设的石板路，不是平铺在泥土地上，而是用石板凌空架设在水上，远望犹似一条条水上的石龙，可谓气势不凡。铺路的石板，一般长2米，宽50厘米。试想，这么大一个范围，需用多少这种石板啊。再说，这众多石板，表面虽不光滑，但每块大小厚薄都差不多，这又何等神奇啊。我在老家读小学的时候，曾反复问过上几代的老人，但他们都回答不清楚。

用这种花岗岩石板铺路，除了可供人们往来行走，每到中午前后时分，阳光猛烈照射，使石板温度升高，如若有人的脚底生有癣病，此时放在石板上烤一烤，不仅感到舒服，还会有治疗作用；每当夕阳西下，或晚饭后到石板路上乘凉聊天，迎着水面上吹送过来的阵阵悠悠凉风，嘴里喝着几口香茶，月亮出来时还可在水中看到其美妙的倒影，这不就像神仙过的日子吗？小时候，就有一条石板路架在我家旁边的塘上，所以我常如邻居家的孩子一样，爱到石板桥上玩耍，对这种环境永志不忘。

然而，随着岁月的流逝和生活环境的变化，家乡的这些石板路，已经全被拆除了，代之而起的是现代的宽阔的水泥路。原因据说是石板路虽属美好风景，但却不能通车，严重影响了人们的生计。不过近年来有个别村为了搞旅游之需，又重新建起了石板路，但规模却不大，只不过又勾起人们一丝怀旧思念之情罢了。

20 世纪 70 年代，我在人民文学出版社工作。1974 年，我社为了纪念我们党领导的中国工农红军二万五千里长征所取得的伟大胜利，决定组织出版散文集《红军长征路上》，而组织上把这一任务交到我手上，使我有机会亲身前去沿着当年红军长征所走过的路线进行考察和组织当代作者进行写作，整个过程虽是艰苦的，但我的心情却是兴奋愉快的。

这次的实地考察和典型路段的重走，使我大大加深了对整个工农红军长征的认识，心灵又一次受到极大的震撼，从原先泛泛的一般化谈论而变为把感受真心实意地放于心底。在这段日子里，我每天行走于这条经由万千红军战士用鲜血铺就、闪烁着革命光辉的长征路上，沉浸于缅怀烈士们为了劳苦大众的解放，为了新中国的建立，为了实现共产主义的伟大事业而不惜抛头颅、洒热血，前赴后继地奋战的丰功伟绩和崇高精神，尤其是那些使人无比震撼的历史场景，比如红军长征冒雨出发时，无数乡亲前来，依依不舍地送别，耳边犹响起《十送红军》那悲壮动人的歌声；还有"血战湘江""猛战娄山关""勇夺大渡河铁索桥"等等，更让人激动不已，感慨万千，心情久久平静不下来。

是的，红军长征路是一条勇敢者艰难跋涉之路，是一条洒满热血、闪耀着红色光环的路，是一条充满理想和希望之光的路，更是一条极为长久的跟着共产党走，战无不胜的宏伟大道。

对于中国工农红军长征，一代伟人毛泽东在他所写的《长征》一诗中做了高度形象的概括：

　　红军不怕远征难，万水千山只等闲。

　　五岭逶迤腾细浪，乌蒙磅礴走泥丸。

　　金沙水拍云崖暖，大渡桥横铁索寒。

　　更喜岷山千里雪，三军过后尽开颜。

在革命领袖统率下胜利完成二万五千里长征后所

写的这首充满革命英雄主义的千古绝唱，更使人深切地明了艰苦卓绝的长征，不仅在中国历史上是空前的，而且在世界历史上也是不曾有过的，其表现出来的革命精神和英雄气概必将万古流芳永不灭！

1982年初，深圳经济特区刚建立不久，我即毅然接受组织的调令，告别亲友和同事，从北京来到深圳这当时是穷乡僻壤却充满活力和希望的地方，从事初创时期的艰辛工作。在此期间，我目睹了万千特区建设者胸怀逢山开路、遇水架桥的精神气概，开辟建造了一条又一条新道路，但我自己最钟情心爱的是纵贯整个城市东西向的深南大道。

不管国内还是国外，大城市常以一条有名的大街为主干，联结着其他四面八方的街道，共同组成一个巨大的路网，比如北京的长安街、上海的南京路、广州的中山大道、武汉的解放大道；又如美国纽约市的罗斯福大道、德国柏林市的菩提树下大街、法国巴黎的香榭丽舍大街、意大利罗马市的纳兹奥那勒大街、新加坡的维多利亚大街等就有广泛的代表性。深圳特区要在一张白纸上擘画开发建设一个现代化的大都市，自然也不例外。

深南大道终建成如今这般宽广笔直，又绿树掩映、鸟语花香、美观如画的大道，绝不是一蹴而就的，它经历了分段改扩建，是无数的建设拓荒牛们不断用智慧和汗水筑造而成的。

最先建造的是从蔡屋围到上海宾馆一段长约2400米、宽30多米的路段。这条大道最原始的路基，只是荒野山间的一条泥沙小路。要建平整大路，第一关就是推山平地，这一关闯过后，才能进入第二关，即在泥土地上建路让各种车辆包括大型载重车通行而路基不能下沉。鉴于当时修路工程机械化水平严重不足，加上资金短缺，只能用土办法开山取石，再把石头铺在路基上。

当时我工作之余便时不时走到这工地来观察，发现这路段是来自陆丰市的600名新产业工人喊着号子，用肩挑手搬一寸寸修筑的。

用大石块铺就后再铺上沥青，整段路修筑完工后，再调集各种车辆在路面通行时，却因石块凹凸不平，没几天路面便被车辆压得面目全非，显示出用这种办法修筑现代化的城市街道，虽节省资金但达不到目的，只好全路推倒重建加宽。如此经过几次折腾，建设过程又一波三折，但从黄贝岭直通南头，长达40多公里，宽50—60米的深南大道终于在1993年全线贯通，胜利竣工。

如今，深南大道全路两边绿树成荫，中间还有5米宽的隔离带，它犹如一条五光十色、鲜艳美丽的大型飘带，闪动着鹏城的光彩！

深南大道，你是一条洋溢着敢闯敢干、永不服输精神的志气路。

深南大道，你又是一条装满改革开放思想、流淌着自由活水的致富路。

深南大道，你更堪称一条胜利面前不停步，面对理想更发力，不达目的、战斗不息的大路。

是啊，对于如此的一条路，又怎能忘怀呢？

深圳市花美如画

    花，尤其是鲜花，是全世界绝大多数人都喜爱的，评选国花和市花便也成了一些国家和城市的习俗。比如玫瑰被欧美推崇为"花中皇后"，英国更奉之为国花，郁金香为荷兰国花，菊花一般作为日本国花，等等。

    那么，深圳市是何时评选出何种花为市花呢？1986 年 4 月 1 日开始，在全市范围内进行市花评选活动，经过广大市民和园林专家反复研讨、比较和筛选，最后在复选总投票中，簕杜鹃获票数最高，独占鳌头，其他如白玉兰、大红花等近 10 种花落选了。于是，在 9 月 30 日当天，经市政府批准，簕杜鹃正式定为深圳市花。这是全体市民生活中的一件喜事。

    簕杜鹃之所以广受人们的喜爱，被定为市花，是因为它像烈火、像朝霞，是那样红、那样鲜艳。它不仅象征了无数革命先烈为革命事业、为人民大众的利益而牺牲，才换来了无产阶级的红色江山，也象征着深圳特区人民和建设者不忘初心，立志继承革命先烈的遗志，让红色江山永不变色，让中华民族伟大复兴的目标最终实现。可见，把簕杜鹃定为市花，其寓意是十分深刻的。

簕杜鹃开得很浓郁，一团团，一簇簇，挤满枝头，如喷火蒸霞，美艳极了。一次，正是簕杜鹃开花时节，我在荔枝公园湖中的一座石拱桥上向下走，突然发现眼前有一枝粗壮的簕杜鹃正带着一簇鲜红的花儿压弯了枝头，在迎风向桥边招展着，真有点可与古诗句所写的"红杏枝头春意闹"的意境相比美呢。特别是那些成片成林的簕杜鹃，远眺起来更有气势，仿佛一大片明如烛、灿如霞的红光照亮了半边天，让人叹为观止。

很多花一年只开一次，尤其是到了冬季，更不开花；可簕杜鹃却不同，它花期很长，从11月到来年6月。纵使风劲雨狂，它的花儿却开得更精神，也更显秀气。它在百花中有品格，含灵魂，也有骨气。一个人无论处在何等境遇里，总要有簕杜鹃花的秉性才好。

簕杜鹃的花形也很美，三片花瓣呈"品"字形散开，每片花瓣又与单一的花蕊连成一体。至于花的颜色变化，那更值得一说了。就拿深红的品种来说吧，它刚开花时，花片的颜色是呈胭脂红的，随后又逐渐变成粉红，最后才变为深红，突显鲜丽夺目。

每天早晨，露珠在明洁的花瓣上滚着，折射着花瓣的颜色，流沿滴落在花下的地上，飘散出那带着泥土气息的馨香，沁人心脾。簕杜鹃时时都在迎风招展，静静地呈现在人们的眼前，让观者尽情地观赏个够。

　　簕杜鹃花品种繁多，据说有两百多种，但最常见的是红色、紫色和白色的品种，经人工精心培育的还有蓝白相间和黄紫相映等品种，不胜枚举。而各种颜色的品种有着各种形态的树干，各具特色，可由各人观赏的不同角度和审美的喜好差别做出取舍。不过，据笔者多年观察，还是那血红的品种更受人们的喜爱，其缘由也自在不言中了。

　　我还听到有人说，簕杜鹃花红得太浓烈，不如日本樱花那样素雅轻盈，也许这也是为啥每年日本的樱花节，都有不少国人前去旅游观赏的缘由吧。但我以为，两者不应如此相比，因为彼此都有特色，簕杜鹃自有它艳丽的美，而樱花也自有它素雅的姿色，只在于各人欣赏的角度和喜好不同罢了。

　　簕杜鹃花自被定为市花后，我市已有好多年举办过以它为中心的花展了，近几年更是每年都举办。这种花展，我自己参观了好几届。主要原因一是机会难得，错失了会后悔；二是还可深一点了解民情。

　　每年在莲花山公园举办的簕杜鹃花展，前来参观的人流如织，热闹非凡。在这众多的人中，既有上了岁数的老年人，也有携儿带口的中年夫妇，但以年轻人居多；观花者中，以本地居民为主，但也有不少是前来旅游的人士，包括成群结队的外国人。从早到晚，整个莲花山花展会成了一个欢乐的海洋。

一次，我观花走累了，便在一块树下的草地上坐下休息，旁边坐着一对夫妇带着孩子也在休息。

"你们是本市人吗？"我对旁边的这对夫妇，首先开了口。

"是的，我们从内地到深圳这儿工作已经六年多了。"那位女主人爽朗地回答。

"那你们知道这簕杜鹃花是我市的市花吗？对这花有啥感受呢？"

这回，不等女的反应，男主人抢先回答说：

"知道，早就听说过了。簕杜鹃花真的很好，咱全家人都喜欢它；咱家还用盆栽种了一棵呢。"

一听说他家也栽有簕杜鹃，我更高兴起来，便紧接着问："那你能说一下这花有啥好吗？"

我话音刚落，女主人就赶忙回答：

"你问这花有啥好处，别的不说，就说它每次开出的花，红得厉害又鲜艳，太吸引眼球了。不是说中国人都爱中国红吗？是的，我也爱中国红哩。"

稍停了一会儿，男主人又补充说："把簕杜鹃这花评为深圳市花对极了，真符合大伙儿的心愿！"

这对夫妇对簕杜鹃的赞赏，也使我连连点头。

又有一次是在另一届花展之时。正当我自个儿在展区内的一条小路上走着，路两旁都种有簕杜鹃且也正开着鲜花儿。此时，有一小队人从后面快步赶了上来。他们边走边谈笑风生地议论着。

"深圳这座城市真有趣，经济发展特快，生活上也真有意思，别的不说，他们还评有市花哩。"

"是啊，簕杜鹃这花也确实不错。过去在别处从未见过，这回到深圳来旅游才看到，也可算又开了一次新眼界啦。"另一人接上说。

没想到，走在前面的人听到后面人的议论，便停下脚步，掉转头来说："不错，我也以为评市花这事儿算得上是件新鲜事，也挺有意义的。回去后咱也向有关部门提议搞搞这种活动，大家说好不好？"

看来说这话的人，是某个地方一个单位负责带队出来旅游的。

"好呀，咱们当然赞成啦。你看，深圳果真是好样的，凡事都走在前面，的确值得好好学习。"

走在那位负责人身旁的人附和着，就这样，这队人兴高采烈地向前走去，很快便没了影儿。

簕杜鹃不仅花开惹人喜爱，生命力也极强，只需用它粗壮的枝条，采用插条方式插入地下，很快它便会生根成长起来。因此，在很多地方，比如庭院篱笆旁、大路边、街心公园、绿化地、小桥边，甚至街道公厕门前的墙边等处，都可看到它的身姿给人们的日常生活增光添彩。

大梅沙海滨狂欢夜

20世纪90年代初，一天晚上，恰好是周末休息日，我与一位朋友相约，要到大梅沙海滨，参加市内一家大型服装公司的联欢晚会，我朋友是这家公司的一位负责人。

当时，与大梅沙邻近的小梅沙正在大规模开发，计划建设成为特区内有特色的旅游区。而大梅沙各方面条件都不错，据说市旅游部门也正在规划设计，稍后也要正式动工了。该公司抢先在这时前来搞大型欢庆活动，可谓想法独到，让职工们不受各种限制束缚，身心完全放开，自然效果也就会更好。

这天下午，当夕阳还高挂在西边天际，该公司租来的4辆长途大客车，载着100多个男女职工和联欢活动所需的各种物品，浩浩荡荡地向目的地出发，也伴随着一路的欢歌笑语，吸引了路人不少羡慕的目光。

车子沿着山边公路前行，当大海展现在人们的眼前时，他们个个都眼前一亮，欢乐的气氛也更高涨了。

"哇！大海真的很浩大广阔啊，这回我真的要看清你的样子啦！"一个年轻女职工激动得首先喊起来。

"小梅，你为啥这么激动啊，难道你过去没见过大海吗？"

"对啊，我的家在江西的大山里头，周围只有连绵起伏的山峦，村里人祖祖辈辈连一条小河都难得见到，那大海两字连想都不敢想了。"被称小梅的回答。

没等同车人再说话，一个男职工又用手指着窗外的大海兴奋地叫起来："大伙赶快看啊，海面上正有两艘万吨巨轮一前一后加足马力，向我们这边驶过来啦，真壮观啊！"

是的，大海是美的，天空也是美的。深圳特区南北两面都濒临大海，陆地与大海紧紧相接，风景的确美极了。人们说着说着，车子便停了下来，目的地到了。

在联欢活动负责人带领下，很快选定好一块较平整又没杂草丛生的地面作为这次活动之地，这里与下面的海滩相接，大伙儿在活动的同时，还可尽情地欣赏海边夜景。

此时，夕阳犹如一个暗红的火球悄悄地垂吊在西边海天相接的一线间，与周围的各色光影相辉照，给浩瀚无边的大海投下了长长的淡红色光环，伴随着海浪不停地跃动，变换着各种不同的色彩，形成一幅赏心宜人的海景图，足以令那些刚接触大海的人陶醉。

入夜，周围一片宁静，海风过处，只传来微波有节奏拍击沙滩的声音，远望无边的大海恰似笼罩着一张大型黑幕，只看到几艘航船发出的微弱灯光，整个大海处于一片神秘之中……

但海边的人们却沉浸在欢乐里。自载的轻型发电机发出的夺目的电光，把这一大块活动场地照耀得如同白昼。一排排烧烤炉已布置得井井有条，炉旁的案板上放满了已经加工好的烧烤食品，如鲜虾、鱿鱼、猪牛肉片和羊肉串，还有各种菇类食品和冬瓜、香芋切片，以及一篮篮洗好的水果和饮料，看来这次烧烤的食材，种类不少，十分丰富。人们按作业时的班组以烧烤炉为中心围坐在一起，也有少数人自由组合，总之以让大伙儿高兴快乐为活动宗旨。

每个烧烤炉上面烤食品只需一两个人打理，其他人可进行各种活动。先是有个班组的人突然喊出，要让另一个班组的人员唱支歌，接着又有第三班组人员喊着要第一个班组人员唱歌，大家相互激励，气氛乐融融。

忽然，在一个班组的烤炉旁，一个年轻女职工，手拿着麦克风，亲热地高声对大家说："各位兄弟姐妹，今晚很高兴，现在我来凑凑热闹，给大伙唱支歌，歌名就叫《弯弯的月亮》，好不好啊？"

当听到有人主动要独唱歌曲，大家兴奋起来，有人带头鼓掌说："好啊，大家一起鼓掌欢迎啊！"

于是，随着热烈的掌声，悦耳动人的歌声便响彻半空，与大海拍岸的涛声相融合。

一人唱罢，又有后续者接上。

如此这般，人们吃着唱着，高潮迭起，一浪高过一浪，欢声笑语不停歇。

联欢活动到了中场时刻，人们吃得都似有一些饱意了，于是便有人喊出要开始跳舞了。带队负责人一声令下，便把全部的烧烤炉撤到场地周边，腾出一大块空地来。

跳啥舞呢，就跳西式交谊舞吧。这种交谊舞，我国在改革开放前并未普及，而深圳特区建立后，随着各方面的外引内联，不仅经济发展快，文化活动上也很活跃，西式各种交谊舞便很快引进来了，还有卡拉OK舞台，一下子就占领了娱乐的主阵地，成了不少人生活中不可或缺的一部分了。

这时，就在这长满短草的地上，在优美乐曲的带领下，职工们便双双翩翩起舞，其快乐情状全在不言中了。

一曲奏完，新一曲又起，人们又迅即进入舞场，似乎体内藏有使不完的精力，但我想这完全是因快乐情绪的激励所带出的结果吧。

时间一分一秒地流逝，夜也一步一步地加深了，看来这次联欢活动也该结束了，但这活动场地的不远处，却不断传来打桩机的声音，显示出这周围一带正在大规模搞建设呢。

是的，大梅沙是块好地方，它靠山面海，具有丰富独特的自然条件，特区旅游部门已规划好把这一带建设成为别具一格的旅游胜地，到时这儿也必将更繁华热闹了。

回程前夕，人们又纷纷走到大海边，再次专注地眺望着被夜幕笼罩着的大海，此时海面的波浪不大，大海似乎也已沉睡了。

那好吧，咱们心爱的大海，暂别了，下次有机会再来亲近你啦。

至此，我更深切地体会到，为啥即使只到过一次大海边，与海水沙滩亲近过，也会终生向往着大海，因为大海给予人们的，永远是一个广阔无垠的世界。

小镇不老变奏曲

　　深圳自从于 20 世纪 80 年代初经中央批准正式建立经济特区后，便以世人不敢相信的高速度，迅猛地从贫穷变富裕，从落后变先进，从守旧固化到不断改革开放，从到处死气沉沉到一派生机勃勃，蒸蒸日上。一句话，整个儿发生了翻天覆地的蜕变，并成了神州大地坚持改革开放的一面光辉旗帜。

　　那么，特区建设到底是从何处起步的呢？很多人说是从一个小渔村开始的，一些报刊也这样说，但特区建设的起步或出发点，应该以当时特区最高的党政机关的所在地为准，这就是原宝安县政府所在的一个小镇，在清朝康熙年间（1688 年）的《新安县志》记载为"深圳墟"，这也是 1979 年即深圳经济特区建立前一年建市正式把"深圳"定为市名的由来。

　　不过"深圳墟"这个小镇因地处南国边陲，还被国家划为边防禁区，规定非本地人或前往办公务人员一律不得前来或停留，使其在经济和社会发展方面比国内其他地方还要落后很多，是一块贫瘠等待开发的处女地。

记得深圳经济特区宣布建立后的第二年，我从北京转调到深圳，参与特区的初创工作。当时，我是从广州乘坐火车前来的。先不说火车开得有多慢，因沿途停站多，150多公里的路程，足足走了4个多小时，不免令人心情烦躁。到罗湖车站下车后站在路边一小块空地，我纵目四望，周围一片空荡，树木房子全没看到，只有头顶上空几只小鸟飞过；再看脚下，沿着一排水泥斜坡走到下面面积不大的小广场，只见广场零星建有几间平房，作为旅客买票和吃小吃之处，公交汽车一辆也没有，人们往返火车站与县城小镇之间，只能乘坐摩托车沿着一条狭窄的泥沙路前行，小路两旁分布着一望无边的水稻田。

当天，乘着夕阳西下的余晖，我便来到了这个县城小镇。晚上，找到了特区政府在这小镇新开设的一间招待所住下。当我站在院中一棵树旁，抬头望天，只见繁星在闪烁，还有稀疏的几盏昏黄路灯东歪西斜在冷清清的街头放射着微弱的电光，恰如在眨着蒙眬的睡眼。稍后，我走出小院在街头随意地踯躅，竟没碰到几个行人，周围一片静寂，忙碌了一天的人们都已入睡了。

第二天，我又对整个小镇考察了一遍。当时，这个小镇纵横的大小街道只有几条，中间还穿插着几条小巷。街两边的建筑大都是低矮破旧的房舍。路面又多用天然石块铺就，凹凸不平。行人若是穿着木屐或鞋底用硬塑所造的鞋，便发出各种刺耳的声音，在街道中回响，有时晚上即使睡着也会被吵醒，令人心生不快。

整个小镇只有两处地方给我留下点印象，至今未忘。一个是唯一的十字大街中西向的那条街，在街边摆放着好几档专卖渔获的摊子，鱼品种不少且很新鲜，有"金鲳""海鲈""大黄鱼""带鱼""泥猛""红三星"之类，因小镇紧挨着深圳河，摇船可直通蛇口渔港。

二是小镇东边有条称"南塘"的横街，从街头到街尾，开设有一家接一家的饭馆，除了本地风味，还有一些外地的特色。这是本镇人和旅客进馆子吃饭的主要地方。那天中午，我也进了一家馆子吃了顿午餐，感觉还好。后来特区发展变好了，我还好几次带着家人前来就餐呢。其他的便没啥好说了。

那么，这个小镇的大变化，是从何时开始的呢？那是始自 20 世纪 90 年代中期深圳市政府决定把小镇整个儿推倒重建。这更是令人欢乐难忘的一件盛事。

虽然整个工程十分宏大，既要清拆，又要重建，困难着实不小，但特区的建设健儿都坚毅地扛过来了。在长达几年时间里，不管白天黑夜，都灯火通明，机声隆隆；哪怕烈日当空或刮风下雨，工地始终充满着欢声笑语，洋溢着大干快上的特区本色，真可谓关山万千重，山高人为峰，艰难风险全不怕，战天斗地乐融融！

当小镇整体推倒重建胜利竣工的消息从深圳电视台传出后，全城市民个个欣喜若狂，川流不息地前去参观感受，笔者也是其中之一。

我抬头放眼四望，不禁眼前一亮。昔日破落灰暗的小镇整个儿消失了，代之而起展现在眼前的是一大片高楼林立、色彩鲜艳夺目的景象，街道宽敞整齐、流光溢彩，充分展现出现代化的大气派。在强烈的日光映照下商厦外墙装饰的丰富多样化的构图，交相辉映，分外引人注目。此外，还有外墙是整座玻璃幕墙的，更反射出闪闪光彩。这一切给人以焕然一新的感受。

入夜，我又一次漫步在新建的步行街区的街道上，在暮色苍茫、华灯初上之际，我望着一簇簇、一杆杆各式各样的街灯，它们中有的是圆球状，恰如一颗大珍珠；有的是玉兰花蕊状，含苞待放；有的又很像一朵朵梅花……虽然样子各异，但都在尽情地放射着光华，照耀着迅速流动的人群，带给人们温暖。或许它们之间也在递着眼色，互相在诉说往事吧。

是的，众多的街灯亲切地告诉人们：变了，这儿已经大变了！与当年贫瘠县城小镇暗淡荒凉的夜景，真不可同日而语了，而更加壮美的明天还正在向我们招手哩。

直到如今，已有几十栋现代化大型商厦，鳞次栉比分布在街区各条主要街道上，大量的中小型商铺美观多彩的橱窗各式各样的商品也摆满了，琳琅满目，让人目不暇接，好一派繁华兴旺的景象。每天前来购物的顾客，川流不息，人潮涌动，真是热闹非凡。

更为难能可贵的是，在这个大商业街区的中心，还建有一个文化公园，面积虽不算很大，却很有特色。在公园的中央，用美观大方的钢架高高竖起一个据说已有几百年历史的大钟，青铜铸造，气势恢宏，供人观赏，遇节日需要敲动大钟，其声洪亮悠长，整个街区可闻。公园东边建有一个表演舞台，每到星期天，供一些文艺团队或个人表演节目，很受游人的欢迎；公园南面竖有一块《老东门墟市图》青铜浮雕，当年人们在这里做生意的形象都在图中栩栩如生地展现了出来；还有值得一赞的是，公园保留了原地建有的"思月书院"及其旁边两棵浓荫遮日、青葱鲜翠的大榕树，树下四周围有专供游人憩息的大青石座，可谓用心周到。

这一切，仿佛一首旋律雄壮激昂的大型交响乐在寰宇中奏响，并越过高山大海向远方飘去……

妙哉，折扣书店

顾名思义，折扣书店其店里所出售的书刊都是打折扣的。它的出现，对于那些喜爱读书的人来说，的确是件大好事。

为何说开办折扣书店是件好事呢？君不见时下全国图书市场的各类书售价都较高，不少爱读书的平民百姓特别是那些来自农村的务工人员买不起，只好望书兴叹了。而折扣书店的出现，犹如久旱逢甘雨，正好在一定程度上解决了这个问题。

很多人可能不解，为何那些大的如我市"特区书城"般的大书店，所卖图书从不打折，而折扣书店却可以降价呢？恕我直言，本人在出版界工作过一段时间，对这个行业内里的情况有所了解。一般来说，出版社出版的图书，除了少数畅销书外，大都有积压库存的。出版社为了减少损失增加利润，乐意把库存的图书降价给营销商，如此也就解决了折扣书店的货源和打折的需求，双方受益，何乐而不为呢。

说到我市的折扣书店，据我所知，最早搞起来的是市妇联主管开办的"求实书店"。该书店选址虽不在闹市区，但开业后前来阅读购书的人还着实不少。本人也经常光顾。其间最使人高兴也最值得一说的一件事是，书架上竟然摆有一套《诺贝尔文学奖作家作品丛书》，它虽然不全，但也有几十种之多。当时我乍见之下，脑袋嗡的一下，真不敢相信这是真的。因为早听说这套丛书已经出版，但在各地的书店里却压根没见到，直吊得人心里痒痒的，可谁能想到竟在这里找到了。真可谓"踏破铁鞋无觅处，得来全不费工夫"，我的开心之状也就不用说了。诺贝尔文学奖自 1901 年开始颁奖以来，除了有几年因战争或其他重大的事情没有颁奖外，至今获奖者也应过百人了。虽说获这奖的作家和作品的成就和影响，有良莠不齐、水平参差的状况，但也不可否认，不少世界文学大师及其主要著作都已囊括在内。现在能以折扣价格购得这套丛书的几十种，可谓价值和心情的双丰收。

稍后，"藏书楼""求知书店"等折扣书店也应运而生了，着实给那些爱读、藏书的人带来了福音。就拿笔者自个儿来说吧，书斋里几千种藏书中，有近半都是从折扣书店购买的。也许有人会说这类书店出售的图书大多是旧书。其实，对书的新旧看法应持辩证的观点，就个人来说，只要某本书他过去没读过，而现在有机会读到了，那这本书对其来说就属于新书了，如"藏书楼"书店半价出售的一套《中国历史名著全译丛书》整50种，以这个标准，就很难有新旧之分了。

在"藏书楼"书店里购书，有一处地方特别引人注目，那就是正对入口大门的空地，在上面用厚书层层围着一个高近半米的大书堆，各类书不加以区分地杂乱地堆在一起，你要找自己需要的书，就得耐心地弯着腰一本一本地翻，不放过每个角落，像淘金一样。果然如此，皇天不负有心人，我亲眼看到，有人就从这里面挖出《中国兵书十大名典》中的两种，实在令旁人羡慕。

近些年来，深圳兴起了"读书月"活动，其规模之大，影响之广泛，对促进城市文明建设之重要，在国内可谓首屈一指。遗憾的是市场的图书价格却过高，不少人只好望而却步了，这无形中也就消减了"读书月"活动的巨大作用。其实，能使越来越多的人不分男女老幼爱上读书，除了要更好地发挥各级图书馆的作用，主要是要让广大市民自发购书，但这却又受到书价太贵的限制。可见，如能在全市范围内多开办几间折扣书店，那就真是雪中送炭，令人期盼。

啊，人间真情

古往今来，人间真情备受人们的注视和企盼。是的，人间真情——

你是严冬里的炭火，你是酷暑中的凉冰；你是医治心灵创伤的灵丹，你是栽培互助友爱的沃土；你是抵御邪恶阴风的屏障，你是驱散损人利己浓雾的和风。一言以蔽之：你是看不见、摸不着但实在的精神阳光。

有了你，人们将变得理解融洽，彼此团结信赖，大家拧成一股绳，同心同德去为一个共同的目标而奋斗。

有了你，什么幸灾乐祸的眼光、狡诈阴险的笑脸、挑拨离间的恶习，都将被鄙视，统统成了过街老鼠，没有了市场。

有了你，人间的天灾人祸、穷困潦倒、疾病伤残等种种不幸，都会得到帮助。

有了你，男女失恋的痛苦，家庭风波的感伤，还有找不着工作的彷徨，都得到慰藉。

总之，有了你，我们的改革开放时代更光彩，社会更安定和谐，四化事业也随之更发展兴旺。

因此，人间真情，我要歌唱你，赞美你！

事实上，在特区美好的土地上，大有真情在。请看：

为了支援各地的抗洪救灾，全市范围内一次次自发掀起了一个又一个捐款赈灾活动，接着又有义演义卖。从党政军的负责人到普通老百姓，从白发苍苍的老人到刚步入校门的儿童，从白天到黑夜，人人伸出无私的援手，中间产生出多少动人的故事。这一个又一个的捐款赈灾活动，无论是发动的广泛深入，参加人数的众多，还是捐款数量之大，都是特区建立以来所空前的，这充分反映出深圳人的爱心不灭。

从大爱模范陈观玉到新大爱英杰丛飞，从医界楷模郭春园到浩浩荡荡的义工队伍，一代接一代，特区人的爱心真情从不间断，为人民服务的核心精神熠熠生辉。如今全城的大街小巷，不管刮风下雨还是白天黑夜，人们都会看到身穿红马甲的义工人员在忙碌地为市民排忧解难，耐心地回答各种问题，给"人间真情"四个大字增添光彩。

当白血病的魔手即将扼杀我市某个学校品学兼优的一位学生的美好生命，其家人处于万分焦灼绝望之中的时候，消息通过新闻媒介传到社会后，立刻牵动许许多多人的心。于是，慰问信、医药费便像雪片般飞到这位好学生的身边，终于使他脱离险境，满怀希望地重新踏上人生旅程。人间真情又一次在特区的土地上放射出异彩。

每年的节假日，都有成千上万的港澳台同胞和海外侨胞回乡探亲过节，其中有年老体衰或伤残需照料的，有突然病发在过关时昏倒的，还有身份证件和金钱不慎丢失的。正当他们在举目无亲，感到万分焦虑之时，我们的边防战士和海关关员都及时向他们伸出援手，使这些旅途中人感到亲切温暖，心间也便深深印上"特区大有真情在"这几个火红的大字……

啊！人间真情，人们在渴望着你，在呼唤着你。人人满怀希望在我们的社会生活中，用你的力量，去医治被"金钱就是一切"污染亵渎的心灵荒原，构建起与生命血脉紧紧相连的友爱长桥；去铲除彼此算计、互不信任的劣根，培育起理解和谐、互相帮助的大树；去填平冷漠、嫉恨和贪婪的陷坑，开拓出坦荡无私和廉洁奉公的甘泉。到时就会如冰心说过的那样："爱在左，同情在右，走在生命路的两旁，随时撒种，随时开花，使得这一径长途，点缀得花香弥漫，让穿枝拂叶的行人，踏着荆棘，不觉得痛苦，有泪可挥，也不是悲凉。"而鹏城这块从沉睡中崛起的土地，也必将彩蝶翩跹、群莺飞舞、蜂房酿满蜜汁，人心驻足情谊，整个社会变得更文明、更美好……

眺望巍巍雄关的遐思

　　大约在二十年前，我站在扩建后的深圳火车站广场上，眺望新建成的海关联检大楼时，不禁心潮澎湃，思绪万千，久久平静不下来。

　　看吧，深圳新的海关联检大楼，高大威猛，外墙屋顶红黄相衬，交相辉映，在艳阳高照下熠熠生辉。虽然它的结构和建筑风格不像咱中华民族传统的，比如甘肃的嘉峪关、河北的山海关和广西的镇南关等边关，建得那样高阁凌空、飞檐触天，有断流云、截天风的气势，但也别具雄伟特色，比如楼顶东西呼应的高高地翘着的檐角，像是张开手欢迎着过关的行人；又如整座大楼横亘耸立在边境线上，又恰如成排的高大壮实的无畏战士，威武地守卫着边防要地，令人敬畏。

　　回顾历史，1840 年空前腐败卖国的晚清政府在与英国殖民主义者的鸦片战争中战败，不得不把香港岛割让出去。后来再一次战败，又被迫把新安县新界、九龙一大片地方租给英国，并经双方议定，以深圳河为界，在广州至香港的铁路交界处，也即罗湖桥，两边设立海关，且定名为"九龙海关"，一切事务和进出口货物征税都由英国人掌控。这种屈辱历史，直到香港回归祖国才结束。

说到九龙海关的变化，初到此地或坐火车到香港的人，如果了解到真实情况，肯定十分惊叹，因为其前后变化之大，简直令人难以置信。当1980年深圳经济特区正式建立时，九龙海关我方的联检机构和设备都十分破陋简单，在那简朴矮小的房子里，只有几条过境检查通道，证件也全凭工作人员的肉眼来识别，尤其是过境的人多，导致经常发生旅客之间的口角和堵塞的现象，排队待检过关的人流长达一二百米，遇到刮风下雨或烈日暴晒，排队的人只好撑把小伞忍耐着，有时行李都被淋湿了，这情景的确使人感到十分尴尬，而要买票坐火车到广州，也只有一个售票窗口，同时放有几条木板凳供候车人乘坐，可见当时的困难和落后程度了。

如今好了，新的雄伟又现代化的海关联检大楼建设起来了，已傲然屹立于边境的大地上。进入新大楼，不禁使人眼前一亮，别的先不说，楼内整个儿沐浴在明亮宽敞、通畅舒爽的环境之中，使人倍感心旷神怡。再说出入境通道的布置，也由原先混在一块儿，改变为分楼层设置，从而避免了相互干扰、容易走错的情况，加上联检设施也更科学先进，这就大大地提高了人们平安通关的效率，这与先前比较，真可谓不能同日而语了。

在这座新的海关联检大楼竣工落成后的一段日子里，因我住家离这儿不远，所以我常到这雄关楼前的大广场溜达散步，常常不经意间便听到一些香港同胞、海外侨胞对联检大楼和周围环境变化发出的议论，有的还挺有意思的，这儿我列出几段给读者欣赏评价。

一个星期日，一对香港中年夫妇带着两个儿女一块儿过深圳来。这一家人一面走着，一面在兴高采烈地说着话。

"阿辉，你在罗湖莲塘开办的服装厂办得怎样啊，生意好吗？"女主人问她丈夫，原来这家在深圳办有合资工厂。

"这还用说，我的厂好得不得了，你在家就等着大把大把地收钱吧。"丈夫阿辉回答说。

"那所雇的工人听话好管吗？我原以为在这么落后未开化的地方办厂不会有啥好结果的，看来是我想错了。"

"不错，真的是你想歪了。看来，共产党真有几下子，他们是真心出大力与咱们港商合资办厂的。"

这时，儿子忍不住插了进来，说："爹地，您厂里的工人是些啥人啊，内地人能干好吗？"

"阿俊，这你就不对了，不要以为香港什么都好，内地什么都差。据我观察，再过些年，他们便会追上来的。你没看眼前这联检大楼和这广场，不知比原先的好了多少倍呢。阿俊，爹地告诉你，今后不管看人看事都不应把对方看死呢，否则是会吃亏的。你刚问厂里的工人是些什么人，我现在告诉你，这些人是从农村出来找工作的，经内地有关政府部门招工并短暂培训后招进来的。他们机器操作进步得很快，这就是个很有力的说明了。"

最后，这家人的女儿也说了几句："阿俊，爹地说得对呀，你又不是没去过世界其他地方，好些国家比如东南亚的泰国、马来西亚，还有菲律宾、印尼，他们的出入境检查所在地，也还很简陋，没啥好说的，反之，你看深圳这大楼这广场多漂亮、多先进，依我看比咱刚走过的香港罗湖边境管制站的建筑还好得多哩，正如俗话说，不信鬼，不信邪，眼见为实才真好。"

又有一次，我看到一对老年侨胞，被边防服务员携扶着，到广场边的一排坐椅上坐着休息。

坐了一会儿后老太太问服务员："这儿是啥地方啊，是到了罗湖九龙海关检查站了吗？怎么我都不认识了呢？"

"老人家，您已多久没回来，没回家乡了呢？"

"哦，已快近三十年咯。想当年我回来一次，从香港乘火车到罗湖九龙海关，看见周围这一带，都是十分荒凉颓败的景象。但现时看到的，真有点让人不敢相信，眼下我们坐着的这地方真的是原来的罗湖口岸吗？"

"对，一点不错，这儿就是您三十年前见过的罗湖口岸。"

此时，有一对年轻的英籍华裔男女，刚新婚不久，要来探亲，路过香港时听一些亲友介绍，与香港近邻的深圳经济特区建设发展得如何快，引起这两人的极大兴趣，于是决定过境深圳时，停留一晚，以便探个虚实。没想到当这对夫妇刚走出海关联检大楼，走到罗湖火车站广场边一排座椅上坐着歇脚时，心情就不觉激动起来。

男的先开了口："亲爱的，我们一直在国外读书生活，总听说中国还是贫穷落后，人们骨瘦如柴，衣着褴褛，无精打采之类，现在看来全是胡说八道。你看，在我们眼前不停走过的人，穿着多新鲜，表情说话多大方开朗，哪有一点像他们所说的呢？尽骗人！"

话音刚落，这位男士更抬起头远望四周，然后补充说："再说你看看，那海关联检大楼多有气派，火车站更高大有个性，还有这广场多壮美宜人啊，咱们住的地方能比吗？"

女的听后不但不反感，而且还兴奋地接上说："对啊，本来过去这些年听到有关中国的事，我都是半信半疑，这次难得回国探亲，好啦，西洋景全被拆穿啦！回去咱们一定要把沿途看到的真相原原本本地告诉家人和朋友，让大家别再上骗子的当。"

听着以上不同人发出的心声，我内心不再平静。啊，深圳，我为你兴奋激动，我为你骄傲自豪，我期盼你与宏大的祖国航船一道，载着光明，载着理想和全市民众的愿望，开足马力，为早日驶到中华民族伟大复兴的彼岸而扬波奋进！

啊，难忘的蛇口港

　　蛇口港这个地方，原先只是一大片荒滩野岭，它开始大规模开发建设，差不多与深圳经济特区建立同时，但由于其发展变化的速度特快，只经短短几年时间，一个带现代化色彩的港口便突现在世人的眼前。为此，不论正式前来深圳经济特区工作的人还是旅游观光客，都会到此看一看，发出不枉此行的感叹。

　　蛇口港濒临大海，站在海岸边，纵目远眺，静静欣赏大海的广阔和神秘，瞬息间海水变幻无穷，奇妙百出。特别是当海鸥乍从远处飞来，在山海天地间盘旋，一会儿掠过海面，一会儿又浮在浪尖上尽情地与雪白的浪花嬉戏，使人油然而生如醉如痴之感。这一切，与若隐若现于云水间、悠然自如地慢慢驶回港湾的渔船相辉映，共同构成一幅满含山水诗意的画卷。

　　蛇口港还有一处有趣的地方，那就是它那长长而又弯曲的海滩，涨潮时全被海水淹没，退潮时却又露出半个身来。涨潮时，人们可听到一阵阵有节奏的海涛拍岸声；一旦退潮后，人们走在露出水面、光滑细软的沙滩上，心儿自然是开朗的，若是捡到一些贝壳，那就更高兴了。

提到贝壳，不妨多说几句。凡是有海滩的地方，就有贝壳，差别只在于数量大小和品种色彩多寡。一般来说，小海滩比不上大海滩；而大小相近的大沙滩，所拥有的贝壳数量也有不同，比如同属南海的阳江市的海滩所见的贝壳就远远不如海南三亚市的海滩的。当你到三亚市一些渔村附近的海滩上行走，便可随处看到众多贝壳，且构造千奇百怪，颜色也是五光十色。这些贝壳都是天然生成，可谓鬼斧神工了。

每到春夏时节，相约三五好友知己，身穿短袖短裙到蛇口港这儿的海滩，打打水仗，或在水中玩一些别的花样，累了再到岸旁的品茶店，拿咱的广东白话来说，叹一叹可口的下午茶，也别有一番情趣哩。

不过，在蛇口港真有诗意的，还是要数在"海上世界"这艘富有传奇色彩的万吨海轮的甲板上看日出了。原来这艘万吨邮轮的主人，是过去"蒋、宋、孔、陈"四大家族中的宋子文。这个宋子文长期任国民党政府的财政部部长，手握国家的财政大权。所以宋家到宋子文时代摄取建立的产业更加庞大，如"海上世界"这种万吨级邮轮，是宋家为了垄断我国海上国际旅游运输业而建造的，一共有4艘。在我党领导下，中华人民共和国成立前夕，宋家这 4 艘邮轮被政府没收，交由我国设在香港的招商局经营，直到 20 世纪 80 年代初，深圳经济特区建立，招商局把其中一艘名叫"明华轮"的交给蛇口工业区管委会作为发展旅游项目所用。1984 年，我国改革开放总设计师邓小平同志到深圳经济特区和蛇口视察，听取汇报后，便高兴地把这艘"明华轮"改名为"海上世界"，并亲笔题名，从而成了一段佳话。

有一次我因公事到"海上世界"采访，一直到深夜才结束，因主人盛情相邀，只好在船上逗留过了一夜。中间，主人热情地告知我，天微明时分，站在大船甲板上看日出，别有一番风味。我便牢记于心，不肯放过这机会。

果不其然，第二天，当天空刚露出一点鱼肚白，我即醒来走出船舱，选好位置站在大船的甲板上，屏住呼吸，紧张地等待着太阳从大海上升起的壮美景象。

过了一会儿，遥望东方天际，几团浅蓝带白的云块和几颗寂寥的星星已散去，此时，周围也一片静寂，只有微波有规律地拍打着船舷而发出的声响，似乎在弹奏一首轻柔的乐曲来助兴。

不经意间，东方的天空上，已经泛起了粉红色的霞光，大海也被这霞光染成了一片粉红的颜色，给人一种柔和明快的美感。片刻之后，太阳便开始冲破红霞冉冉升腾，但起始速度较慢，只露出一个弧形的金边儿，给海面洒上一层闪闪的波光，同时周围的云块也着了光彩。随后速度不断加快，最后更犹如人们猛地向上一跳，一个火红炽烈的大球便蹦出了海面，发射出万道金线，炫人眼目，撼人心弦，给海洋注满了鲜红的为生命而燃烧的活力。

此时，我兴奋得情不自禁地自语：太好了，实在太难得了！不仅好奇心得到了满足，增长了一点知识，还经历了一次人生别样的珍贵体验和享受。

蛇口港经过这么些年的锐意进取和精心建设，一个又一个现代化的集装箱货运码头，早已收入人们的眼底。站在海岸边向远处眺望，一排排的巨型塔吊和龙门吊车，在日夜不停地运转，多么有气派！一艘艘万吨至十万吨级的货轮，满装着各种货物，繁忙地进进出出，似乎在宣告，此地的经济多繁荣、多兴旺！这又是另一幅深切动人、引人感奋的图景啊！

蛇口港是深圳经济特区的一个重要港口，特区经济建设一日千里，海运发展也特别快，与世界各国连通的海运航线四通八达，这使得外国商船来往蛇口港络绎不绝，而货轮装卸货的时间少则三五天，长则要十天半月，这就无形中带旺了给外国船员服务的事业。当人们在蛇口港街区散步，或在餐厅食店里就餐，就会看到很多不同肤色、说着不同语言的外国人，因为这里是整个深圳经济特区外国人聚集最多的地方；他们中有海员，也有经香港进入的旅游人士。从这些人的言谈举止，可以看出他们的心情是兴奋快乐的。有一次我在街边树荫里一张长椅上坐下歇脚，旁边有一对像是情侣的白人青年，刚坐了一会儿，没想到那个男的主动换过来，一边拍了我两下肩膀，一边伸出右手竖起大拇指，又指点着四周，亲切地对我说着话，虽然他说的话我听不懂，但从表情上可看出，他是在赞美。

还有一次，我与几位朋友在一间餐馆用餐，刚好进来两个男宾客坐在旁边一桌。一个是中国人，另一个是英国人，似乎是这个中国人的上司。正当我们吃完饭刚想离开之际，没想到这个英国人抢先站起来主动走到我们的桌边，用一口流利的汉语热情地说："大家好啊，请问你们是本地人吗？"

我连忙回答："是的，我们是深圳一个公司的员工。"

对方又问："那你们经常结伴出街到饭馆吃饭吗？"

"怎么说呢，平日放工后公司有饭堂，我们就在饭堂吃，十分方便的。每当周末或节假日休息，咱们才结伴出街寻开心！"

"啊，看来你们这些公司员工工作、生活是挺不错的，真羡慕啊！"

这时，我也赶忙站起来，热情地握住对方的手回答：

"是的，现在我们的生活的确过得不错，承蒙你的赞许，真谢谢了，欢迎你们到蛇口来！"

　　如今，随着深圳经济特区的经济更加蓬勃地发展，近年来，为了适应国际上大型邮轮旅游业的兴盛，蛇口港也不甘落后，立马决定购置大型邮轮并兴建富有特色又新颖的邮轮码头。到时，特区的大型邮轮旅游业一定会蓬勃兴旺起来，蛇口港也会更令人神往。而我的心胸也顿然像大海一样舒展，大海一样宽广。

　　啊！难忘的蛇口港！

礼赞啊，深圳的新产业工人

　　新产业工人的出现是在 20 世纪 80 年代初，我国实行改革开放，以经济建设为中心的新国策后才开始发生的事儿。他们大批次进城，一批接一批延绵不断，声势浩大壮观，力量空前无比，其声威震撼寰宇，实为世界各国所罕见。他们所辛勤创造的英雄业绩更值得大书特书，颂歌也必响彻人寰。

　　礼赞新产业工人，一赞其从无到有，又从小到大，完全符合事物发展规律。以深圳经济特区来说，创办初期，一无资金，二缺技术，三连干活的人员也没有。为要从此处杀出一条血路，只好先从香港引进"三来一补"小企业来办合资或合作企业，逐步积累资金。然则设厂后的工人从何处来？又只好在国内各地前来找工作的农民中招揽。进厂后，这些人便成为首批新产业工人。随着香港同胞前来设厂办合资或合作企业和进城打工的农民越来越多，势头越来越大，从而便形成了滚雪球越滚越大的大好局面，这无形中就为深圳经济特区的成功建立并站稳脚跟打好了基础，而新产业工人队伍也成了特区建设的一支不可缺少的力量。

二赞广大新产业工人对国家的经济建设和各行各业的发展所做出的巨大贡献了。

不是吗？一个国家，一个地区，一个城市，光有上层的领导和机构的改革创新思想和谋划构思，但却缺少具体贯彻落实的人力物力，那再好的蓝图也难实现；再则，无数的建设工程，都少不了众多新产业工人的辛勤汗水。就拿深圳经济特区来说吧，特区建立后，新建的每一条康庄大道，每一幢商厦，每个机场港口，每一个学校医院，每一个大型商场游乐场，每一条地铁，每一项地下排水工程，每一处科研院所等的建设工地，无不有新产业工人多姿多彩的身影。正因有了万千新产业工人的积极参与和无私奉献，深圳经济特区才能在短短的几十年间不论在经济建设上还是在社会发展上都取得一个接一个的辉煌成就，迅速地成为一个世界注目称道的现代化国际大都市，放射出南国明珠的灿烂光芒，成为浩瀚中华大地上的一个典型事例、一个缩影。

三要深情地礼赞新产业工人本身内含的高贵品质和坚韧战胜苦和累的精神。

也许有些城里人看不惯他们穿着简单，行动粗糙，怒骂不避场合，心里怎么想也就口中直说，毫无遮掩。特别是好多工地生活设施跟不上，致使干活的新产业工人午晚两顿饭，都只好手捧大饭碗蹲坐在街边，当着来往行人，狼吞虎咽地进食，形象可谓有点不雅。但他们的本质都是好的，尤其是有着忠厚朴实的品性和吃苦耐劳的性格，不管处于何地，面临何种境遇，都不会有什么变化。在业务工作中，只要给他们下达明确的任务，即使遇到啥困难，他们都能咬紧牙关，不喊一声苦地想尽办法去完成，始终保持着咱中华民族的传统本色且发扬光大。这在新时代里是多么难能可贵啊！

在深圳经济特区建立初期的十多年岁月里，我一直在新闻出版战线工作，有机会踏足特区的山山水水，深入建筑工地、工厂车间、养殖场和商场门店，以及公交服务站等地方，遇见或采访过战斗在各行各业中的新产业工人，他们中有男的也有女的；有不少中年汉子，但也有十七八岁到二十来岁的年轻人。每当我见到这些人时，我发现他们都埋头默默地专心工作，只听到机器发出的轻微声。这情景常使我深为感动。

是的，万千新产业工人在艰苦条件下坚持顽强奋斗，不计较低报酬而勇挑担子，战斗不息，这又是一种多么可贵的精神啊！

一天中午，我到一个建筑工地去，想着趁工友们放工吃饭时采访方便些。但当我到达时，这位采访对象却还没从工地退下来。而这时天上正下着毛毛细雨，我便顶着小雨前去工地看个究竟。

当我进入工地时，看见正前方不远处一个中年男子正猫着腰蹲着忙于给准备灌水泥的钢筋加固轧铁丝。下面便是简单的采访记录：

我问："你是姓刘名中海的工友呀？"

"是的，我就是刘中海。"这时这位工友才抬起头看了我一眼并加了句，"那你是干什么的？到这儿又干啥呢？"

"我是本市一个报社的记者，一个星期前我们的报纸登载了你的事迹，但没提到你家里的状况，现在我想再采访一下你，没啥不方便吧？"

"当然，没啥不可以谈的。"

"那我先问你，老天都下雨了，又是到了放工的时候啦，别的工友也走完了，你为啥还在埋头干活呢？"

他手不停活地回答："同志，你可能不知道，咱每天的工作量是有规定的，一天的活，必须在当天完成。这两天我的手脚出了点毛病，因而影响了工作的速度，比别的工友干得慢了些。但我清楚，我负责的工作量无论如何都必须完成，否则延缓了下个工序施工，那问题就大了，对此，我是绝对不会原谅自己的。"

这时，天上的雨还下着，我看见姓刘的工友全身已被雨淋透了，正好我带有雨具，便把伞打开遮着继续谈了下去。

"那么，我问你，老家还有什么人呢？"

他爽快地答："有个近 70 岁的老母亲，还有一女一男两个孩子上小学。"

"哦，看来你上有老下有小，还整年背井离乡地在外地，家庭的担子的确很重啊。"

"是啊，谁不是呢。我们这些新产业工人，之所以不远千里到你们深圳这儿来打工，当然首先是为了生计。在老家实在没办法，所以到这里工作后即使碰到各种困难，也只好咬着牙挺过去，坚持下来，这里的确是苦了点，但我也知道，我们在深圳这儿干活，也是在给特区建设做贡献哩，尤其是当我们目睹特区在日新月异地变化发展着，心里也感到高兴和快乐呢，这你信吗？"

听着这亲切的话语，我心里也感到乐滋滋的。于是赶忙回答："信，当然相信啦！"

沉默了一会儿，我趁机又问："那你夫妻俩长年出来打工，想家想老娘亲和孩子吗？"

"想呀，哪有不想的。我是男子汉还好点，我老婆更痛苦一些，有时当我俩谈到此事，她还会停不了掉泪呢。但话又说回来，我从小在村里便听老辈人说过，'历史上忠孝实难两全'，现在我算真正体会到这一点了，也总算没白活了。"

是的，听到这些质朴而又铿锵的话语，对于那些看不起新产业工人的人们，脸上不觉得发热发红吗？

又有一次，我到一间服装厂采访一位车间负责人。该厂规模不小，设备也较先进，员工也有好几百人。负责人是位女性，名叫李彩娣，时年23岁。

经过采访，我便知道她头脑聪明灵活，办事干练洒脱，对人热情大方，更有一副热心肠，常以助人为乐。她出生于江西井冈山地区，高中毕业后没考上大学，便毅然来到深圳经济特区，成了一名新产业工人。她工作勤奋踏实，积极肯干，更爱动脑子，经常提出一些小点子，有助于厂里提高生产率，加上与周围的工友关系又好，能时刻打成一片，充分显示出其具有管理的素质和才干。所有这些，很快便被该厂的老板发现，于是，立马对她提拔重用，这位农村姑娘没过几年时间，便从一位缝纫机手，成长为一个庞大车间的经理，管理着上百号的姐妹。

一个人能如此迅速成长，这固然有着我国传统的所谓天时地利人和的因素作用，但也与其自身不甘人后、自强自立和奋斗不息的精神分不开。

自然，像刘中海和李彩娣这样的新产业工人的思想素质、内涵性格以及精神抱负，只是我国成千上万优秀新产业工人之沧海一粟，或其中之一两个突出事例罢了，但对他们表现出来的这种作为，这种精神，难道不是应该赞颂的吗？

是的，深圳的新产业工人，值得人们大加礼赞！

东 湖 放 歌

　　鹏城里的公园，最早建成开放的就是东湖公园。说它最早是因为深圳建市在 1979 年，而这公园于 20 世纪 60 年代便草建完成，而此时的未来的深圳还只是个简陋落后居住人口不足一万的小镇。那为何要建这公园？从它紧挨着深圳水库，人们便可多少猜想出其中的原因了。是的，东湖公园的修建与中央批准建设对港供水的浩大工程密切相关。

　　20 世纪 60 年代初的几年，香港遭遇特大旱灾，广大市民获取日常饮用水十分困难，生活苦不堪言，据说当时的殖民统治者每天只得租用万吨巨轮运水给香港。为了解决这困难，港英当局便向我国政府提出要求给予帮助，也就是定期向香港供水。虽然当时我们自己的经济建设还很困难，但经研究后中央还是决定接受港英政府的请求，想办法向香港供水。正如周恩来总理在一次批示中所说："供水工程由我们国家举办，应当列入国家计划，因为香港百分之九十五以上是自己的同胞。"

给港供水工程浩大，因为深圳市的前身宝安县本身缺乏水源，要到远至东莞桥头镇的东江边抽水解决，而这儿离深圳有七八十公里，中间所经之地高低不平，还有不少山头阻隔，特别是由于地势东低西高，深圳海拔比东莞桥头镇高近 200 米，这只能采用逐级提水来解决。把水引到深圳后，还需要在深港交界处建一个大水库蓄水，才能保证给港供水不会中断。如今的给港供水工程，是已经三次扩建而成的，这里有几组权威数据，读者看后便可从中略知一二了。

该工程于 1964 年 2 月 20 日破土动工，翌年 1 月竣工。工程共建成拦河坝 6 座，抽水站 8 座，开凿新河 2.75 公里，修建人工渠道 16 公里，安装抽水机 33 台，总装机容量 6975 千瓦，完成土石方 240 万立方米，混凝土 10 万立方米，设计年供水能力 1.68 亿立方米。此后，从 1974 年到 1990 年又经先后三次不断扩建，特别是第三次扩建工程竣工后，又新建抽水站 6 座，增加抽水机组 33 套，扩建人工渠道 18 公里，天然河道 44 公里，新建大型输水隧道 6 公里，并从原先全线 4 级提水改为 6 级提水，从而使供水能力从最早的 1.68 亿立方米一下子提高到 17 亿立方米，使供港水量占全港淡水消费量的 80% 左右。可见，这项浩大工程无愧是造福香港同胞的民心工程，它充分显示出内地人民与香港同胞的血肉深情；它更是一条联结香港与内地的光辉纽带，必将永远放射出斑斓的光彩。

至此把话说回来，从这儿开始，让我们看看东湖公园当今的面貌和美态吧。

东湖公园坐落在深圳水库的西、南麓，雄伟壮观的大坝脚下，便是公园中的一角。公园北面有座名叫匙羹山的小山，山上建有亭、台、长廊和纪念室，当年周恩来总理、朱德和叶剑英元帅，还有董必武副主席和广东省委书记陶铸等人，都曾到过这里视察供水工程，从中足见中央和广东省当年对对港供水工程是何等重视和关注了。至今山上的不同方位还留有毛泽东主席、周恩来总理和董必武的白玉石半身雕像，以供游人瞻仰。站在山的高处平台上，目睹着周围茂密葱郁的林木，听着不时传来的风涛声；远眺眼前展现的一碧万顷的大湖水库，水浪相推相映成趣，在明媚的阳光和远山碧翠的相拥下，犹如一幅浓重的水彩画，更使人心旷神怡，宠辱皆忘。不过，此次重踏上匙羹山，我更感兴趣的却是这山名的神秘色彩，终经近远的多方仔细观察，发现此小山一头大，一头小，中间有个把柄相连着，确与一把汤匙有点相似，如此取名匙羹山就很合适，也没什么神秘之处了。

起初东湖公园只有绿地花草，却没有水，这使游人总感到缺少点什么。近年来，公园的管理机构和人员决定引入旁边水库水源，进行大规模的改建，使公园面貌焕然一新。如今，公园里不仅绿地广阔，亚热带林木茂盛，是放风筝的好地方，更出彩的是，开挖出好几个小湖，彼此形状各异，各湖之间由如同彩带般的小拱桥相连着。湖水平静如镜，湖边长满芦苇和水草，不时有水鸟飞来飞去，真是一幅人间仙境图，难怪有这么多喜好钓鱼和划艇的游人流连忘返了。

在东湖公园还有一个地方，对于那些喜好园艺美和盆景艺术的人来说不可不去，那就是坐落于东南边上的堪称园中园的盆景区。游人一跨入大门，立马就会被迎面而来的各式盆景吸引住。先不说盆景本身的美感，单是园内盆景数量之多，沿湖路边摆设之巧妙，就为园艺之美生色不少。笔者早年曾走遍大江南北和东西各地，也观赏过一些园林盆景展览，但无论是规模、布局还是盆景本身的艺术含量和特色，都不能与我市东湖公园的盆景园相比。

现在，还是说回盆景本身吧。园中构思精巧、富有特色，洋溢着艺术光华的盆景着实不少，这里只举几例便可见全貌。比如有个老榆树盆景，起名为"伏蛰"，只因它形如卧伏的人，微闭双眼，静静地侧身观察外面动态，只等有朝一日，机会来临，即一跃而起去实现自己的理想人生。又如名叫"将军风范"的盆景，它的用材是三角枫树，该作品树龄已有 300 年，初看之下，只见树干耸立盆中，粗犷威严，苍古神奇，桩根健壮而隆起，强劲有力地向三面延伸，和三角枫有形似意合之感。它的盘根三足雄挺，扎入地下，确像一位岿然不动的大将军，大有临危不乱、战无不胜的"将军风范"。还有"盼春"白蜡树盆景也很吸引人。该作品树龄约 200 年，构思别出心裁，老树巍然屹立，古朴自然，迎风企盼，动感传神，犹如祖辈期待儿孙的归来，以便全家团聚，共庆良宵。此外名为"世纪之吻"的盆景也很有特色。它立意新颖，更富想象力。只见两棵生机盎然的树对立相拥，犹如一对恋人相吻在一起，使人回味无穷。香兰盆景"叠翠"，枝叶繁茂伸展，一层又一层，直至八九层之多，远看真有云雾缭绕之态。奇石和红花檵木组成的盆景"憨石戏春"，在奇石半山中猛然伸出两枝翠叶红花，不禁使人眼前一亮。它告诉人们，寒冬已过去，大地开始苏醒，万物吐绿，美丽的春天已悄悄来到人间。自己虽身处悬崖峭壁，但为了迎接和煦的春光，就把自个儿打扮得花枝招展，以吸引人们的眼球。还有那朴树大盆景"风雨同舟"，三角梅盆景"富贵花龙"以及苏铁盆景"南国斜影"等等，也就不用一一细说了。总之，遍游一次盆景园，对于身心安适和提高对盆景这门艺术的素养和览赏能力都是大有神益的。

是的，东湖公园的兴建，自有其本身的纪念意义，其后的不断扩建，也突显出特区政府造福于民，真正落实为民办实事的良好风范，如此坚持下去，老百姓自然是高兴的。现在就让我们站在公园的高处，面向蓝天白云放声高歌吧，好唱出每个人心中的真情实感，唱出更加美好的明天！

待到簕杜鹃花满枝头

　　鹏城有座莲花山，山上最高处的一块平台上，高高矗立着我国改革开放总设计师邓小平的铜铸全身塑像，声名远播，游山参观者众多，这儿已成了深圳的一处胜地。

　　莲花山从前是一座荒山，不显眼，也没多少人知道。后来这儿建成公园却很热闹，主要有几个重要因素。首先是 20 世纪 80 年代末，随着深圳经济特区的建设不断向四周扩展，第二条东西贯通的交通大动脉笋岗路从山下经过，为改变这座山的面貌创造出最基本的条件。试想如果交通不便，连路都没有的话，人们怎么前往游览玩耍呢？接着几年后，改革开放总设计师邓小平第二次到鹏城视察，并发表了著名的"南方谈话"，极大地推动了我国改革开放事业的进程。为了纪念邓公这一功绩，市里向中央申请在深圳市树立邓公的全身铜像，获批准后又决定以莲花山为中心建设全市的中心区，把邓公的铜像安放在莲花山山顶上，这就为莲花山这座荒山的巨变打下坚实的根基。经过十多年的不断规划、整治和建设，终于把一座漫山杂树、荆棘野草丛生，只有一条羊肠小道的荒山，建成一个美丽而颇有特色的大公园。公园在整座山上，园内有花、树、草地，也有亭、台、榭，还有湖和游船。用各色石块和水泥铺造的大路小径和石级，把公园从上到下，东西南北紧密地联结起来，给人们的游览带来大大的方便。

古今中外，大中城市都建有公园。如果一座公园平淡无奇，缺乏自己的特色，就吸引不了多少人前往游览憩息。公园的建设的确是很费人的创意和心思的。那么，莲花山公园又有哪些特色和吸引人的地方呢？

这座山南面的山坡上，天然生长着一大片簕杜鹃花，其面积之大是其他地方没有的。簕杜鹃花平时也许不惹人注意，但一到开花时节，就变得花团锦簇，俨然成了一个花的世界。簕杜鹃的花瓣不厚，但颜色鲜艳，且开花时间长，远看火红火红的，很能吸引人的眼球，这也许就是它被我市选定为市花的一个原因吧，因为飘动着的火红正象征着成千上万的建设者和市民的风貌和心胸。

不仅如此，每年春秋两季簕杜鹃开花时节，莲花山又经常被选定为举办花展的地方。如此一来，看吧，经过园艺师和公园管理人员的辛勤布置，整个莲花山便成了花的海洋。在这些日子里，无论是办公室、大街小巷还是公共汽车、餐厅里，都会听到有人在谈论莲花山簕杜鹃花展的事儿，谈得最多的是问："你去看花展了吗？"有的更着紧地催促："还不赶快找时间去看看，不然你会后悔的！"为此，有两次我也情不自禁地去凑了个热闹。

真的，每次到这儿来观花的人可不少，用"人山人海""人流如织"等来形容一点也不过分。不过大家观花，各有各的方法，大多都按自己喜爱的方式去享受。有的人喜好从远处，从大的角度去欣赏"喷云吹雾花无数""四厢花影怒于潮"所展现的气势和动感；有的人却热衷于静静地从不同的小角度反复研究考察花儿花瓣的结构特点，甚而不惜用鼻子对着花朵嗅了又嗅，以鉴别此花的气味与别的花有何区别，可谓真够细心的了。这时，喜欢摄影的人更是忙坏了，他们手拿相机，不停地东奔西走，一会儿在半山腰，一会儿蹲在山脚下花丛边，聚精会神地寻找最理想的镜头，以拍出簕杜鹃的各种动人风姿，"咔嚓"之声不绝于耳，更荡起了人们火热的心潮。

莲花山原是荒山野岭，多少年没人踏足，整座山长满了各种高大的树木，遮天蔽日，犹如一处小型原始森林。此山改建为公园后，东西北三面山坡上的林木完整保留，大为公园风姿增光添彩。试想，地处现代化大城市中心地带，却有一大片保留原始生态的林木，属实难得。每到闷热的夏季，当人们走进这片"原始森林"，顿觉与外面世界的烦杂喧嚣不同，仿佛进入一个新天地。周围是那么安详静谧，空气又是这样清凉甜润，沁人肺腑，只偶尔传来头顶枝叶的沙沙声，还有小鸟追闹发出的迷人歌声。走着，看着，听着，慢慢地心里所有的烦恼不快便会悄无声息地消失。此时便会感到周围是这样明快，世界是如此美好，似乎到处都奏响着令人心旷神怡的动人旋律。而这，自然又构成了莲花山公园的另一个特色。

不过，莲花山公园的最大特色，还是山顶的平台上的邓小平全身铜塑像。据我了解，在全中国树立有邓公单身塑像的地方，除了其家乡广安外，就是深圳经济特区了。这尊邓公全身塑像又很有独创的风格。别的领袖人物的塑像一般都是站立式或坐姿式的，而鹏城这座邓公塑像却是行走式的。看吧，改革开放总设计师正大步行走在特区的土地上，脚步是那样矫健有力，两眼正视着前方，外衣被微风吹起，整个形象是多么意气风发，显现出指点江山的动人气概。这时刻鼓舞着深圳以至全国人民，在坚持改革开放的大道上奋勇前进！

啊！莲花山，你是一座平凡的山，但独具特色，带给民众以欢乐。

啊！莲花山，你不仅是一座沉睡百年富有原始风貌的山，更是一座色彩不断变幻、令人流连忘返、从心底掀起滚滚波涛的山。但愿你这座山变得更年轻，犹如那阳光一样，永远不会流逝。

鹏 城 深 圳

深圳又被称为"鹏城"，其建设成就，时时吸引着东南西北无数的眼球，也刻刻激荡着中外人们的心胸。

鹏城，的确是值得向往流连的地方。虽然对这个新兴大都市的认识和印象，也许各人自有不同；对这块土地的一土一木、一山一水和一街一巷的感受也会千差万别；但从心底生发出的自豪赞叹之情和美中不足的丝丝惋惜余音却是共同的，也很值得深深地回味。

鹏城带给人们最早和最深的感受是什么呢？那就是它的建设和发展的高速度。曾经有人用"一夜之城"来形容这种变化速度。是的，这座新城一栋接一栋高高耸立的大厦犹如在一夜之间拔地而起，在阳光的映照下熠熠生辉；还有那些一条条通向四面八方的通衢大道，也如在一瞬间便展现在大家的面前。不过，这种形容说法主要是从宏观的角度出发，不免带有空泛的意味。如此看来，还不如一些建设实例更能说明问题，也显得更有力量。那好吧，就让我举几件实事来说说吧。

首先要说的自当是国际贸易大厦的建造。该项工程无疑可归到"浩大"之列。这是特区建设初期的标志性建筑，各项建设的指标质量要求自然很高，但当年在特区开拓建设的人们，硬是在十分困难的境况下，创造出"三天一层楼"的奇迹。记得瞬间便轰动了整个鹏城。自然，这当中赞叹者有之，怀疑者亦不少。笔者也处于半信半疑之中。因为实行改革开放的新政前，国内建设这样一项大工程，多则需十年八年，少则也要三五年。如此，建一层楼也就要半个月以上。而如今鹏城却只需三天，其速度之快便可想而知了。但事实胜于雄辩。该大厦的建筑质量，经当年的各项严格检验均达到优质的等级。从大厦胜利落成到如今已二十多年过去了，该建筑始终安稳如泰山般地耸立于罗湖区的商业中心地带，雄姿英发地接待着万千的客人。

现在再回到宏观的角度。深圳在建立经济特区前，只是一个边陲小镇，经济文化都十分落后。整个小镇只有三四条破旧的小街，两旁尽是二层以下的低矮破旧的商铺，全镇居住人口不足一万。也许有人会问，小镇紧挨着香港，与这繁华都市隔河相望，为何会这般落后？那是因为深圳经济特区建立前，香港还在老牌殖民主义国家英国统治下，所以与其紧邻着的宝安县便成了边防禁区，两地隔绝不能往来。小镇周围的广阔地域，灌木丛生的一山连着一山，长满野草的水洼地一片接一片，却没有一块平整的地，道路闭塞交通不便就更不用说了，整个儿呈现出从未开发的荒凉之态。

试想，在如此困难艰辛的条件下进行大规模的开发建设，该是何等难以想象，又是何等雄奇壮阔啊！是的，特区的万千开拓建设者就这样发扬敢想敢干勇当先锋的胸怀和以一当十、舍我其谁的气概，还有艰苦奋斗、埋头苦干、一步一个脚印走向理想彼岸的精神，仅仅用了三十年时间，就让一座已具规模的现代化大都市屹立于世人的面前。它不仅城市面貌新，高楼大厦多，通衢大道美，环境绿化好，而且文化发展快，人文素养传承广，特别是，坚持社会主义价值体系，奏响主旋律的前进脚步有力坚实。这一切都给中外广大人士留下深刻的印象。无疑地，深圳经济特区这种建设发展的速度，在世界范围内都是首屈一指的，地球上除了咱们的祖国，没有一个国家能做到，这是多么值得自豪的事情啊！

鹏城有一个特色，就是山多，深圳这座现代化国际化的新城，就是在推平一个个小山头的根基上建起来的。不过这众多的山虽大小不同，高矮也有别，但却有着共同的风貌。人们在这些山顶上驻足，常会心潮起伏，思绪万千。群峰耸立在眼前，不管是狂风怒号横扫山峦，还是强雷闪电暴风冲刷，都岿然不动，展露着雄伟坚毅嶙峋无比的山体。山，又是恬静、冲淡与无争的象征，不管白昼黑夜，始终巍巍浩荡，撑起一片绝俗拒奢的世界，这又闪射出多么难能可贵的精神。所有这些，对比于当今物欲横流，只追金钱而无他物的人情世态，还有那些时时不忘追名逐利，广筑华居别墅，沉迷于奢靡享乐却偏要打扮成正人君子风流雅客之徒，真犹如天地之别了。是的，当人们联想到唐代诗圣杜甫在《望岳》一诗中所写到的"会当凌绝顶，一览众山小"时，更会感到山岳的雄奇、人生的渺小。

现在回过头来，看看登特区内的最高的梧桐山的感觉又如何呢？当人们站在这山顶纵目四望，整座新城便尽收眼底，周围绿色一片，俯视山下一望无边的高楼大厦，交错散发着熠熠光彩，真让人心动；远眺却是另一番意味，浩浩的海面若隐若现，一片空蒙，无边无界，又使人顿生缥缈之感，犹如东坡居士所谓"浩浩乎如冯虚御风，而不知其所止；飘飘乎如遗世独立，羽化而登仙"。自然，这些美丽的山色风光，基本上是自然形态的呈现，人工的痕迹很少，行走其中，自是另有一番情趣。

而保留一部分原始生态，再经精心加工改造建设，力求做到原始与现代、自然与精细、豪迈与委婉相结合，表现出另一种特色和格调的山，就要数莲花山和笔架山了。这些原是杳无人迹的荒山改建为现代公园，也自有其吸引人之处，但由于现今游人太多，经常相互挨肩擦背，园内处处人声鼎沸，难得有安静的一刻，也不能不说是一件憾事。

深圳南北两面濒临大海，对外交通十分便利，水产渔业尤其发达。我国渔场主要在黄渤海、东海和南海，其中南海最浩瀚广阔，水深达千米以上，所以各种鱼类和水下生植物都较黄渤海和东海丰富。多少年来，在渔民中一直留存着这样几句顺口溜来形容几种盛产的上等渔获："第一鿏，第二鲳，第三马鲛龙。"其他的还有大眼鱼、红珊鱼和大黄鱼等，种类多得大都叫不上名儿来。每天早晨，当天际还处于麻麻亮之时，全市的盐田、蛇口东角头和南澳三大渔港的码头上，便已灯火通明，一筐筐、一箱箱、一桶桶的各式渔获就源源不断地从渔船上送到批发市场里进行市内交易，或者利用自动化的传送带运送到冷库里进行冷冻加工，以便进行更远更大宗的水产贸易。自然，这后一种做法是已具规模的水产贸易公司才能进行的。目睹这番繁荣兴旺的情景，真使人从心里乐出花来。它使本市的万千家庭的餐桌上增添了丰富美味的海产品，满足着人们对美食的要求和渴望，这是广大内陆地区的民众无法享受到的。也难怪他们是如此这般地羡慕了。

游鹏城，与游内地的城市不同，由于它历史短、地域窄、面貌新，不像内地的历史名城，有时代侵蚀的遗痕，可以供人凭吊和遐思；更缺乏如京城里巍峨壮丽的宫殿那种雄伟迫人的威势，也没有像西安这种秦汉古都往昔帝王家的痕迹等。如此说来，不是会使人怀疑深圳这座新城没什么看头，留不住旅游客人了吗？不！那当然不会。缺少传统的、散发出古色古香韵味的景区景点，那就创新设计建设新的充盈着现代色彩的游乐胜地。其实，这些新的游乐设施更受年轻一代的欢迎和喜好。

欢乐谷坐落在特区中部华侨城西北方向的一个狭谷中。它依山而建，把半山腰地块推平，便腾出建游乐设施的土地。它供人玩乐的设施和项目众多，如"冒险山""激瀑漂流""玛雅海滩""梦幻岛""飓风湾""中古金矿镇""香格里拉森林"等，尤以奇、险、峻、宏等特色吸引人，而为人所乐道。比如这儿的过山车，是新一代的设计，比过去早期的布局复杂得多，也惊险得多，冲击的速度也更快了。开动之际，犹似火箭在穿行，人车一闪而过，轰鸣之声震耳，足够惊煞人。又如飞船溅瀑，只见一条坐满游人的飞船，沿着在空中架设的水流航道，在三十多米的高空以 75 度角直冲而下，激出巨大的咆哮水浪，也十分壮观。

东部华侨城景区，规模更宏大，占地近9平方公里，也更具气势和特色。它以"大侠谷""茶溪谷""云海谷"三大峡谷为中心，把周际的十多处山峰连成一片，建有"大侠谷探险乐园""茶翁古道""茶溪湖湿地公园""西班牙小镇""茵特拉根温泉""大华光寺""云海谷高山高尔夫球场"等大型景区，各显迷人风采。游人一旦进入，便会乐而忘返，久久不愿离去也就在情理之中了。

啊！鹏城深圳已经创造出过去的辉煌，当下又展示出一种令人惊叹的雄心，继续以坚实的步伐，昂首挺胸行走在前进战斗的大道上，去迎接新的更大的胜利！

朋友，你难道听不见人们正唱响着的赞美歌吗？

再观拓荒牛雕像抒怀

　　大约三十年前，拓荒牛雕像在深圳市委大院内隆重安置好后，我即兴写了篇题为《拓荒牛精神万岁》的散文，发表在《深圳特区报》上，受到一些读者的赞赏。拓荒牛雕像，是著名雕塑家潘鹤先生应深圳市委之特邀，专门精心构思创作的。雕像落成后，广受各阶层民众的称赞。后来，市委为了让更多人看到这雕像，在精神上扩大其影响力，遂又决定把这雕像移到市委大门前中心点，面向深南大道重新安置。

　　现在，近三十年过去了，正值深圳经济特区建立四十周年之际，我又一次来到了这雕像旁。当我又一次静默地目视着这座著名雕像时，止不住思绪万千，心潮澎湃。

　　拓荒牛，吃的是草，却甘于奉献，这是多么难得啊。记得当年为了采访报道，我来到了八卦岭一大片工业厂房的建设工地上。此时，众多的大型推土机正有序地加大马力在一个个小山头上推土，重型运土车也一辆接一辆地轰鸣着，忙于装土来回奔跑，好一派热火朝天的景象。

这种建设工地，在深圳经济特区建立初期，随处可见，对人们来说并不陌生。是啊，正是这无数的大小工地遍布于特区的土地，才会在短短的几年时间内，建设起一大批小工厂和产品加工厂，使各种各样的制造业繁荣发展起来，从而为特区的各项建设积累了资金，更为往后的更大发展打下良好基础。

在这段日子里，我去过不少工地和工厂车间，亲身目睹了众多建设者日夜辛劳、忘我操作的动人情景，更为他们那种不计报酬、甘于奉献的高贵精神而感动。这不也正是拓荒牛所展示的情怀吗？

是的，往昔在革命斗争、抗日战争和解放战争，还有抗美援朝战场上，那些不怕流血牺牲，前赴后继、英勇奋战夺取胜利的无畏战士，不啻为英雄，也应为后人所纪念。而处于当今的和平年代，这些日夜奋战在工地上或机器旁的人们不也一样值得人们称颂？他们所从事的劳作，不也同样值得珍视吗？这真可谓行行出状元，平凡之中生英雄啊！

在拓荒牛雕像精神的指引下，我又一次到了华侨城集团公司所建造的旅游城。这儿周围一带地方，在特区建立前只是一座又一座连绵起伏的荒芜小山，山脚濒临一望无际的大海，中间只有一条狭窄的泥沙路横腰穿过，在人们眼前呈现的是一片荒凉死寂的从未开发的山地。可见，要在这儿扎根开发，进行现代化的旅游建设，其困难艰苦程度，可谓不言而喻。但华侨城集团公司从上到下的员工，硬是凭着明知山有虎，偏向虎山行的勇气胆识，集结大伙儿的聪明才智，正儿八经地摆开战场，在这儿建设了规模宏大又现代化的旅游城。

把它称为城，也许有人会认为有些夸大，但这是名副其实的。因为这不单是一个小项目，而是一批大型的各自独立，又各具特色的旅游项目一块儿组合而成的旅游胜地。这些旅游项目凭啥吸引游人，又怎么能闻名遐迩呢？这里无须我多言，只把它们的名称展示出来，读者也许就心领神会了。它们是：锦绣中华微缩景区、中华民俗文化村、世界之窗、欢乐谷综合旅游区……

如今，当我又一次神游此地，心中还是既吃惊，而又感慨良多，久久萦绕脑际而不灭。

吃惊吗，是的，人们只要深入了解这块地方前后巨大变化的历史，再放眼四周，除了美不胜收的游乐场外，还有到处林立的高楼、五星级国际大酒店、大剧院、美术馆、溜冰场，以及各具特色的别墅群，四通八达的宽阔平坦的一条条大道，特别是还有"康佳"这个全国知名、现代化程度高的大型电视机生产基地，等等。这一切只是一个集团公司组织策划在短短的几十年时间里建设起来的，堪称世上的奇迹。不过，华侨城这儿的天翻地覆的发展变化，只是整个特区发展变化的一个小点而已，换言之，也可称为特区成长中的一个缩影罢了。

我的神思不知不觉又到了南山区深圳湾畔的一个新科创研基地。我国改革开放总设计师邓公说过"科学技术是第一生产力"，对此深圳经济特区的建设者不敢掉以轻心，努力吃透此中深意并落实于行动中。这儿是特区创办的第一个科研基地，在方圆几公里集中了近百家科研单位和公司，其中最突出的有"中兴""腾讯""大疆"等。事实上，深圳经济特区经过这么些年的大发展，科技水平也有了很大的提高。如今，在这么大好的基础上，新的更大型的科技园已纷纷在各区冒了出来。相信在不久的将来，深圳经济特区新的更先进的科研和产品定将取得更大的成就，为国家为民族做出更大的贡献。

记得五四运动爆发前后，我国的一些知识文化界先贤便提出"科学救国"的响亮口号，这说明科学技术在一个国家的建设发展中的重要地位。但要能妥善落实，使之成为国家经济和社会建设的重大战略规划的一部分，却只有在中国共产党作为执政党的坚强领导下，才有可能真正实现。而这也是早已为无数事实生动雄辩地证明了的。现在，深圳经济特区在科技发展的事业上所取得的光辉业绩，又为"科学救国"这面旗帜添上极为浓重的一笔，这无疑显示了共产党人信奉的马克思主义辩证法理论的正确和胜利！

最后，在拓荒牛雕像精神的指引下，我又来到了蛇口开发区。深圳经济特区建立后的建设开发，是从蛇口一声炸山炮响拉开序幕的。深圳经济特区建设初期，是从大搞"三来一补"合资合作企业着手，逐步积累资金。这种做法最早就是从蛇口开始的，因为成立"蛇口开发区"比深圳经济特区的建立早了一年，同时香港商人开始时对香港招商局也较为熟悉和信任一些，于是乎也就逐渐掀起了一个与外商合办设厂的新高潮。不但港商，一些外国商人也来了；不但特区本身一些经济部门和乡村积极参与了，广东省内其他地区的商人也来了。于是就形成了特区经济建设一片蓬勃发展的大好局面，这又是多么值得欣慰啊！

日月如梭，斗转星移，随着40年岁月的消逝，深圳从政治到经济，从社会到思想文化，各行各业的建设发展，无不都是从小到大，从弱到强，从落后到先进，从默默无闻到声名远播。这都反映出特区建设者们不怕困难、敢想敢干、顽强拼搏的英雄本色，也充分表现了特区人顾大局、识大体、甘于奉献的精神风貌。我想，这也就是特区的魂，特区的命根子。只要特区的后来人能把这一点继承发扬光大，那特区的未来也必将更光辉灿烂。

在深圳经济特区建立 40 周年前夕，我又来到坐落在深南大道边的市委大楼门前，眺望着这座朴实无华的六层大楼，又不禁心潮翻滚。这座办公大楼的兴建，还深藏着一些外人不知的小故事。原来特区建设初期因没资金，连办公楼也建不了，市里的领导们只好临时找简陋的地方办公和住宿。不久，一位爱国侨胞来到深圳，听说此事后，二话不说，立马决定捐资。于是，市委这座办公大楼便以最快的速度矗立起来，虽不显华美，但朴素实用，在当年市民眼里，已是全市标志性的建筑了，从此便成了特区坚持改革开放进行高速建设的指挥中枢。

如今，已有千百座高楼林立于特区的土地上，极尽豪华的五星级大酒店也比比皆是，但历届市领导还安坐于这栋已显老旧的办公楼内，低调地表现出带头人应有的表率精神，也在一定程度上体现了开国领袖、一代伟人毛泽东同志所谓的"不管风吹浪打，胜似闲庭信步，今日得宽余"的情怀，这是很值得尊敬和发扬光大的。

肉菜市场变迁记

肉菜市场在某些人眼里简直不值得一顾，一些领导似乎也不把它当成一件大事。不是常听到这样的话吗："我所管的事太多，一些大事还管不过来呢，肉菜市场这些小事，下面的有关部门管一管就得了，用不着兴师动众嘛。"

其实，这种认识和心态都是不对的，正如党中央一再提出："民生无小事。"事实上，肉菜市场的建设和环境的管理就关乎着千家万户的切身利益，它办得好坏都影响到社会的团结安定和人心和谐美满，的确不应等闲视之。

但深圳经济特区建设初期那几年，到处还荒山野岭一片，建设工人，市委、市政府的干部，还有报社的记者编辑，都只能住在用铁皮搭建的临时简陋的宿舍里，不过在干部队伍中有不少人是携老带幼全家人一起前来的，他们每天需开火做饭，这就碰到一个难搞的吃饭问题。

怎么办？只好在通新岭南边山脚下，也即如今的深圳会堂和园岭派出所周围这一小块较为平整的土地上用铁皮和竹架摆摊，再到潮汕地区招来一些经营肉菜销售的个体户前来做肉菜生意。这虽称不上是啥市场，但可解临时之难。不过因为这些摊子整个儿都是摆在泥地之上，且很拥挤，所以不管是卖货的摊主还是顾客，都逃避不了晴天一身汗，雨天一脚泥的艰苦状况。不少人回到铁皮棚宿舍后，还要用自行车，走两里多路载回一筐筐煤球，才能用煤炉生火做饭，也真不容易呢。

如此过了几年，随着特区经济建设的迅速发展，起初在山边泥地上搭建的简陋肉菜售卖摊档便宣告寿终正寝。福田区围绕市委这一带地方分别在巴登村和南园村正式办起两个肉菜市场。不过，这两个市场都不是独立单建，而是把当地农民新建的出租屋的底层连通改造而成，虽略显简陋，但比起在荒山脚下泥地上临时搭建起来的摊档好多了，周围环境，尤其场内光线和通风设备等也上了一个新档次，面对这新变化，人们自是纷纷赞好。

因我家住地离巴登街区较近，因而便成了巴登肉菜市场的常客。一年四季，哪怕太阳热得如火烧或刮风下雨，都从不间断，日积月累，与一些市场档主竟成了熟人。

有一位名叫冯伦的摊主，四十出头，是潮汕人，却说着一口流利的普通话，当我第一次到他档口买菜时，彼此还有点陌生，说话不多。但我从他爽朗随和的说笑中，便知这是个老实健谈的人。往后经过几次的接触后，相互间的距离逐步拉近了，说话也随便得多了。

一次，他突然问我："吕先生……"不等他说下去，我便拦住他说："不要称我吕先生……"他却半开玩笑地回答："不叫你先生，那你的身份不是无形中就降低了吗？"

"哪有这种事。"我回答。

"不叫先生，那叫啥好呢？"

"这有什么难的，咱俩就称老吕、老冯吧，好吗？"

"好的，好，这样称呼彼此说话也方便些了。"

接着老冯又对我说："老吕，你在市里某部门工作，还是有点地位的，为啥还时常到肉菜市场来买菜？就不怕有失身份吗？"

"说啥呢？身份不身份有这么重要吗？"我连忙回答，且把话继续说下去，"其实，我也是劳苦人家出身的，是共产党使我们这样的家庭获得解放，让我上了大学，过上了好生活，咱可不能忘本啊。再说，人与人之间，本来是平等的，所以我与你之间交往，也应是平等才合适吧。"

事实上，我从冯伦的口中了解到肉菜市场这一行业的很多情况。特别是从事这一行业的人们，一天接一天，年复一年地默默忍受着从晨早到入夜长时间的辛劳操作，令我从心底里对他们产生敬佩和感激之情。试想，如果没有这些人的辛勤服务，怎么会有方便的食物供给呢。

　　在卖肉摊档的末尾，有一个卖牛肉的档口，这档口不大且位置也不显眼，但生意却十分红火，这是怎么回事呢？原来，这家档口是由母女两人经营的，服务态度特好，说话别人爱听。其他的卖肉摊档，一般不让顾客在肉面上指指点点，也不向顾客说明。但这家卖牛肉的摊档却与众不同，只要有人来买肉，就先详细问明来者买肉回家后是做啥菜式用的，是炒菜、煮汤、清蒸，还是与别的食材一起双炖之类，然后再向买者说明介绍何部位的牛肉为好，这不服务得周到吗？又如经过一段时间的交易后，这对母女知道我家喜欢爆炒牛肉，也要炖红白相间的牛腩。于是她们凡取货到适合做这两种菜式的牛肉，便先留下来，随即打电话通知我及时前去取货。看，运用这种独到的散发着浓浓的人情味的经营方式和提供这样好到家的服务，哪能不买卖红火。虽说这母女俩的出发点是为了生计，但其反映出来的思想精神不是也很值得称道的吗？

深圳经济特区肉菜市场大变迁的下一阶段，用简单一句话来概括，就是实行大转型。即基本上取消传统的各自在划定的摊位分散、独立地进行肉菜经营的做法，改为统一由一个企业公司单独进行经营。这种变迁的出发点主要是要向现代化的商业经营模式靠拢。从改制变迁后近十年的实践情况来看，这做法无疑是成功且受欢迎的。无论是巴登街区的吉之岛大型商场，还是龙华区清湖片区的大润发商场，我都考察过它们的营销套路，所得的结果都是肯定的。

　　首先是环境的大变化。原先的肉菜市场，进出只能走楼梯，上岁数的老人不方便，即使年轻些的，东西买多时，搬运也感到为难，而新型商场处处有电动扶梯。每逢炎夏，热气灼人，顾客难受，前者只能靠大吊风扇降降温，而后者建有大型综合性的空调设备，顾客在商场内走动购物都很舒适，心情不会受影响。至于冬天的差别那就更明显了。

　　其次是肉菜质量的保证度有差别。原先的肉菜市场各个摊主每天所经营的肉类，往往卖不完，但又苦于缺乏冷冻设备，剩余食材的质量就难以得到保证。而现代化的商场，具有各种先进设备，是过去的肉菜市场压根不能比的，这使得各种肉菜的质量保证度也就大大提高了。再说，前者不卖冷冻食材，也让广大顾客失去了选择的机会，不能不说又是一个缺陷。

再次，过去的肉菜市场不办送货业务，而现代商场却大不同，购物达到商场规定的重量限度，可以负责送货到家，方便顾客。这表面看只不过小事一桩，但从深一层说这却关乎经营理念的改变进步。

　　最近，有朋友告知宝安区在全区范围内强力推进肉菜市场升级改造，欣喜之下，我又对此进行了一些了解。其实，在硬件建设方面与上文所说的差不多，只是在软件管理上有些新东西，明确要求做到：食品监管透明化、购物设施人性化、市场管理智慧化、经营模式网络化和卫生环境生态化。这都是值得推广的。

　　看吧，深圳肉菜市场的变迁，至此也绝不会停步。它必将随着经济及社会的发展和人们观念的变化而不断呈现新的面貌。

快车追梦到龙华

　　提到深圳龙华地区，也许少有人知道，这儿在抗日战争时期是惠宝人民抗日游击总队和广东人民抗日游击队第三和第五大队的抗日根据地。还有一事值得大书特书。在抗日战争期间，随着1941年太平洋战争爆发，日军出兵进攻九龙、新界，进而抢占了香港，并实行严密的封锁政策。而此时却有一大批因避难而困在香港的如何香凝、柳亚子、邹韬奋、茅盾、胡绳和夏衍等爱国民主人士和文化界的名人处于危难之中。为此，在中共中央南方局的指挥下，在广东地方党组织的大力配合下，东江纵队进行了震惊中外的"抗战以来最伟大的抢救工作"。抢救行动是分时分批进行的。在整个营救过程中，东江纵队的指战员们历尽艰辛，舍生忘死地冲破日本鬼子的重重封锁，跋山涉水地把被抢救的人员安全地撤到目的地，一次次完成光荣而艰巨的任务。

　　在历时11个月里，被抢救出来的爱国民主人士和文化界名人共 800 多人，没一人落入敌手，堪称抗日战争史上的一项伟大创举。而今天特区的政治经济和文化建设，无疑地与东江纵队在龙华这片土地上所书写的抗战史，所遗留下来的革命精神和英雄气概都有着紧密的传承关系，也正因如此，规划建设好龙华这块原抗日根据地的意义和责任也就更大了。

深圳经济特区建立时，龙华地区不在特区范围内，被一条管理线分隔着，使其建设发展受到一些影响。2010 年特区建立 30 周年之际，经中央同意批准，特区迎来了一次扩容，把原特区外的宝安、龙岗两大区归入特区范围之内，从而结束了"一市两城"和"一市两法"的现象。说具体一点，即把从 1983 年开始，一条高达 2.8 米、长 126 公里的铁丝网，90 多公里的巡逻道，163 个战士执勤岗楼，10 个检查站，24 个耕作口以及 25 个沿线企业的人、车进出自管口等构成的边防"二线关"全部取消，彻底还原原有的生态环境地貌。从此，原属深圳市却为特区外的广大地域迎来了经济大发展、社会大变化的喜人局面。

果不其然，龙华这片原属宝安区的革命老区在这股强劲春风的沐浴下，很快焕发出一股股改天换地的强大动力，在短短的十年岁月里，从物质到精神，再从经济建设到社会人文发展，都紧紧地追上了整个特区的脚步，创造出让人刮目相看的成就，在发展历史上写下浓重的一笔。

事实上，看吧，如今在龙华这片土地上展现在人们面前的，是一幅多么宏大而波澜壮阔的建设发展图景啊。

作为全市的产业强区和智造新城，多年来龙华积蓄了坚实的工业基础，形成了完善的产业链条，到目前已拥有工业企业 1 万余家，其中拥有规上工业企业 1515 家，占地面积 1 万平方米以上的工业园区 653 个，国家高新技术企业 2570 家，生产总值比重长期稳定在 55% 以上，占据着产业的主导地位。而电子信息产业更是其中的支柱，占比基本达到 75%，这为壮大 5G 和工业互联网等未来产业发展创立了坚实基础。这表明，历经多年发展，龙华经济的"骨骼""肌肉"更强健了，应对外部冲击的能力更强了。

在发展先进科技产业方面，龙华区一直坚持把创新作为城市发展的主战场，努力打造科技产业创新主力军，使之成为产业创新制高点，为此重点发展人工智能、数字时尚、5G 电子信息、工业互联 +8K、区块链 + 文化创意、生物医药 + 智能制造等高科技产业。尤为可贵的是，龙华区明确将以数字产业化、产业数字化、治理数字化、数字价值化的理念，形成数字经济、数字城、数字治理三位一体的发展格局。为此，接下来，龙华将全面发力，抢抓数字经济发展制高点，在全市范围率先发展数字经济产业集群，打造大体量平台，重点做实做强梅观大道、龙澜大道的产业创新走廊。真正把握机遇，开足马力，全力提速，让龙华名副其实地成为深圳的中轴脊梁。

龙华这片土地自从2010年正式成为特区一分子后，从党员干部到广大民众，立即爆发出改变面貌的强大动力，不仅在经济建设和科技发展上，在城市建设和人文进步等方面也下足功夫。如今一栋栋新颖别致又实用的居民住宅楼群，一个接一个地在往昔贫瘠的土地上崛起，成为十分醒目的美丽风景线。一条条原有的狭窄不平的树桩泥沙路，已换成宽广笔直用水泥沥青铺就的通衢大道，而这些纵横交错、两边都种植有绿树的街道，还连接着40个城市公园和一批小中见特、玲珑秀美的街心花园，共同组成一幅幅推窗见蓝天白云，出门闻鸟语花香，空气清新，随处散发着宜居诱人的魅力的居住图景。变化之大，可谓翻天覆地。

龙华在城市生态文明建设上独树一帜的，是其发扬特区敢想、敢闯、敢干的精神，以坚持不懈的韧劲，花了几年时间，建成一条宽3米多、长135公里的环城绿道。这条绿道，犹似一条翡翠项链般地串起沿途7个森林郊野公园和16座水库，形成一条山水相连，天上地下共辉映的风景线。无疑地，这更是一条在人们心目中，人与自然、城市与环境、产业与生态和谐共生，通向更加美好未来的通途！

特区文明城市创建放异彩

深圳市荣获"2020年全国文明城市"光荣称号，喜讯传来，特区人无不欢欣雀跃，兴高采烈。是的，特区人时刻都会感受到文明的春风滋润着心田，催人奋发。如果说，一滴水可以映照太阳的光辉，那么，一个"文明城市"的称号，便称得上是最具价值的"城市名片"，同时，也是这座城市建设成就的一个突出标志。

文明城市创建，能使人的思想精神面貌焕然一新，使社会主义核心价值观更深入人心，力量更雄健，为提升城市综合实力打牢基础。任何一座城市要搞精神文明建设，都不应也不能孤立地进行，精神文明城市必须以强大的经济力量为基础，只有把二者有机地紧密地结合起来，同步发展才能赢取相得益彰的成效。在这方面，深圳经济特区不愧为成功的典范。

深圳经济特区建设初期，社会经济都处于一穷二白的状态，当时从上层领导到下面的干部群众，都只能集中精力和财力把经济建设放在第一位，但即使如此，对贪腐行为和党内不正之风却一直坚持零容忍，及时整肃处理了几个重大案件，一开始便把正气树起来，使政治文明放出光彩。随后随着建设规模不断扩大，经济大发展，各项文化设施的建设也蓬勃发展。此时，广大市民不仅生活水平大大提高了，文化生活也丰富起来了，形成了社会安定团结的大好局面，还促使全心全意为广大人民谋幸福，为中华民族伟大复兴谋发展的社会主义核心价值观更深入人心，政治文明之花开得更灿烂夺目，为文明城市创建筑牢坚实的根基。

文明城市创建，让生态环境展露风采。这里通过一个区、一个街道，还有一个独特的生态文明风貌的典型描述，便可充分展露出深圳全市生态环境的惊人变化和现代文明的新姿。

光明区是深圳新成立的最年轻的行政区，本来环境差，底子薄，但谁也没想到，经过短短几年时间，全区生态境况却来了个惊天的大改变。在先前取得的"国家绿色生态示范城区"称号的基础上，更获取了"国家生态文明建设示范区"的荣誉称号，十分难得而又满含重大意义，为整个特区增添了光彩。其中，以建设生态公园一项最为突出，到眼下为止，全区已建起中心公园、森林公园和社区公园等共279座，做到人均公园绿地面积达 30 多平方米，真正实现了经济社会与生态环境协调发展的优美双曲线，绘就出园在城中，城在园中的优美画卷。

福田区园岭街道是深圳经济特区建立后最早成立的街道之一，但过去有一段长时间，生态环境没搞好，处于脏乱差的状态，中间虽经数度整治，但因未有从根本上下功夫，只停留在头疼医头，脚疼医脚的做法，结果收效甚微。

但近几年来，整个街道从上到下，从干部到市民大众，在中共中央总书记习近平同志的"环境就是民生""改善环境就是发展生产力""绿水青山就是金山银山"等价值理念和发展观的指引下，痛下决心，下足力气，从人财物各方面大力配合，首先联合安监、消防、城管、交通、水务和社区等部门进行全方位、地毯式调查摸排，然后分门别类建立问题清单，再组织有关人员进行研究分析、找出整治改方案，再挂单销号分解落实，最后由组织好的各种施工队伍去完成。如此构建起整个街道范围生态环境整治建设的布局蓝图，再经几年的埋头苦干，一幅全街道生态环境彻底蜕变的新图便出现在广大市民的眼前。

如今，街道美了，交通秩序变好了，公厕、农贸市场和垃圾处理等也整治改好了，特别是绿化更靓了，各具特色的街心公园和口袋公园也纷纷冒了出来，使

"抬头见碧水蓝天，推门闻鸟语花香"的生活成为现实，因此，广大市民的心情自然也更好了。

大的说过，小的一座雕塑也该上场了。在市民中心广场，竖立起一座主题为《扬帆正当时》的雕塑，表现的是在五光十色美好的生态环境环抱培育下，特区人民虽然已取得无比辉煌的成就，但决不会由此停下脚步，要以更强的决心和更大的勇气，在改革开放时代的大潮中，再一次扬起风帆、迎风破浪地去夺取更伟大的胜利，可见，其寓意是何等深刻了。

文明城市创建，使特区好人涌现，传统美德发扬光大，文明行动蔚然成风。深圳经济特区自建立之日起，便有助人为乐的好人，当时沙头角镇的陈观玉为突出代表，随后又有丛飞这样一个热心不懈地解囊帮助农村贫困学生上学的模范人物，尤其是到了1990年，深圳义工联正式注册成立，这是我国内地第一个义工团体。此后年复一年，义工队伍不断扩大，成了一支浩荡的助人为乐的大军。据统计，到2020年底，全市志愿者已达208万人，志愿组织1.4万个，可以毫不夸张地说，深圳已被打造为"爱心之城""志愿者之城"。从此不论是在通关口岸、机场、火车站、各种娱乐场地，还是在街边、大型购物商场门口、公园旅游地，或是在学校周边和交通路口，都不乏男女义工在做各种各样好事的身影，感谢赞扬声不绝于耳，成了美丽风景线。

以上种种，已充分展示出传统美德在特区已深入人心，良好社会风尚之根扎得更实更牢。一句话，用真善美去照亮人们的精神世界。

文明城市创建，使社会主义文化的底色无比鲜艳，更具发展活力。

古往今来，文化事业状况如何，始终是世界各国衡量一个国家、一个地区、一个民族文明发展程度的重要标尺之一。

深圳经济特区刚建立时，文化事业的确还处于一穷二白的境况，有些外人还不时说深圳是一片文化沙漠，这都是事实。但可贵的是，特区人对此不气馁，并立下誓言，不管前路如何艰辛，各种困难有多大，都要把"文化沙漠"变成"文化绿洲"，让社会主义文化的巨大光芒照遍特区大地。

特区的经济建设一日千里地前进，文化事业也随之蓬勃发展起来。新闻出版、文学摄影、音乐舞蹈等行业从无到有，又从小到大。大型文化馆、图书馆、博物馆、科学馆，还有大剧院也都先后建立起来。特区人生活水平不断提高，精神上也得到各种优秀文化的熏陶，文明素质大大提高了。这无疑是培植文化沃土所结出来的硕果。

此后，深圳又在这一基础上进一步发力，萌生出好些文化上的新事物。先有"大芬油画村""观澜版画村""福田设计之都",后有大型的、一年一度的"文博会""读书月"隆重开展,以及每年全市各公园联合举办的"深圳公园文化季",影响甚大,广受称赞。至于在平时各区、各街道举办的文娱活动,也是花样百出、丰富多彩,广大市民笑在脸上,甜于心中,这无形中又给深圳的城市文明建设抹上一笔亮色。

2016年,《深圳文化创新发展2020(实施方案)》的出台,再一次把特区的文明城市建设推向更大、更广、更新的高潮。这一新方案,比以往更鲜明地强调了特区文明城市建设必须坚定不移地以习近平新时代中国特色社会主义思想为指导,以社会主义核心价值观为引领,时刻把牢方向盘,奏响主旋律。要真正做到:以法治促进文明,以机制保障文明,以科技助推文明,以文化滋养文明,以共建共享文明,以传播弘扬文明。

在此方案推动下,经过全市干群的不懈努力,文化战线在过去已取得巨大成就的基础上,又新增重大文化品牌活动18个,如"一带一路国际音乐节""深圳设计周""深圳(国际)科技影视周""深圳书展""深圳舞蹈月"等。特别值得人们期待的是"新时代十大文化设施"将全部动工兴建,构建特区城市文化新地标。

在这众多璀璨文化新景色的映照下，文明城市的建设也相应地跃上新的台阶；反过来，人们的文明素质越高，也将推动各种文化的更大繁荣，这就是无法抗拒的辩证法。

公厕展新姿，其乐何如

　　人的思想性情各有不同，有人不喜怀旧，调离一个地方或单位后，便将之完全忘记，更不会找机会回去再看看。而我却与此相反，喜欢重回故地，与熟人重逢畅叙，并顺便考察一下周围环境有何变化，这种心情和性格，退休后也没半点改变。

　　去年，我就花了点时间，在罗湖、福田和南山转悠了一阵子，因退休前我是在这些地方工作和生活的，而这回转悠的方向和在意之处主要放在公厕有何变化和进步上。缘由在于约30年前，笔者曾针对当时公厕不足，人们如厕难，影响特区形象的客观事实，写了篇短文，希望有关部门重视加以改进。文章在《深圳特区报》登出后，社会效果是好的。这次经过短时间的转悠，我发现咱们特区在贯彻落实习近平总书记提出的"民生无小事"的要求上，也是做得很出色的，取得不少新成果。

　　据权威新闻报告，到2020年，全市新建公厕600

多座，改造提升历年陆续建起的公厕 2405 座，加上在街头巷尾见缝插针式地建起的 95 座公共洗手间，数字十分可观。虽然建一座公厕，确实算不上是件轰轰烈烈的大事，但它却可解决本地市民和外来旅客的一时之需，满足调和人们的情绪，这无疑称得上是件响当当广受欢迎的大好事，深得人心。

不可否认，过去长时间街道公厕存在不少问题和缺陷，比如设计一般化，千篇一律，缺少个性；外观形象落后，与周边环境相互不协调；内里功能配套不齐全，分区不合理，尤以男女厕位与实际需求严重脱节，极不平衡；还有光线昏暗，通风不畅，散发异味等等，这就不多说了。

为此，市有关部门从组织人员对全市原有公厕进行广泛的调研入手，再进行全面深入的分析研究，并在此基础上，制订出全市街道公厕改造提质和新建的完备方案，坚持实施持续不断的施工操作。如此下来，经过几年时间的奋战，全市公厕的面貌就大变了。为此，2018 年，我市便荣获全国 100 个重点城市中"城市开放厕所平衡指数"第一名，开放厕所数量与用户日常需求之间的平衡程度也最高。至于上面所提过去原有公厕所存在的种种陋习和缺陷，对于如今的公厕来说，已统统不见了踪影，人们所看到的是一副副崭新的风姿，成了街头风景和文明窗口，且彻底颠覆了人们对公厕的不良印象。比如福田区福荣都市绿道新改造提升的三座公厕，便可谓是深圳实行"厕所革命"的一个见证。这三座公厕已有深圳特区报一位记者前去采访过，现在我只把他报道中的两段精彩细致的描述直接引出来，广大读者便可一目了然，无须我再花笔墨了。

记者看到，其中一座厕所前面竖立着高大醒目的"公共洗手间"导视牌，进门就是明亮的洗手台，配备有儿童洗手盆、儿童面镜。每个感应水龙头旁设置了感应式洗手液、烘手机、擦手纸，"一站式洗手"设施齐备。厕所内部极大增强了自然通风采光，整个如厕空间通透明亮，没有异味。厕门设置使用情况指示灯、蹲坐厕标识等。更让人感到温馨和人性化的是，每个厕位内部都配备了双卷纸巾、扶手、挂钩、搁物板等。同时，设有第三卫生间、母婴室，为特殊人群提供如厕保障。

走出公厕，可以看到，改造后的公厕外观现代化、时尚，周围打造了花境，原来非常不起眼的一个小公厕华丽变身成为这一带最漂亮的建筑，得到周边市民的点赞。

对于那近100座小型公共洗手间的情况，上述这位记者的报道如下：

福田区福虹社区公园旁，坐落着两个外观形如蜂巢的小型公共洗手间，洗手间前的公共区域设置了一个喷水池，外围花草环境，如同一处庭院式小花园。通过手机扫码，洗手间的门自动打开，记者走进去，一股冷气扑面而来，洗手间内部干净清洁，不仅没有异味，还有一股淡淡的清香。感应式烘手器、水龙头、洗手液器等自动化设备齐全，还有空调、充电口、喷香剂，马桶可以自动更换坐圈塑料套，均无须用手接触，母婴设施、无障碍设施应有尽有。

行文到此，深圳经济特区这么些年改造提升旧公厕和新建公厕的整个面貌，已完整地呈现在人们的眼前了，对于其变化之大，成就之高，是否可用"无与伦比"来形容呢，而作为特区的一分子，更会从心里乐开了花吧。

鹏 城 新 韵

　　20世纪80年代初，我从北京转调到南国边陲的深圳经济特区工作，至今已近40年。在这段人生岁月里，我始终从心底对这座被称为鹏城的城市怀着一种挚爱的情感。我走过特区的很多地方，对这儿的一草一木、一山一水都留有深深的记忆，这毕竟是自己出过力，流过汗，不懈奋斗过的地方，我对其从荒凉到繁华、从落后到先进的整个过程，也烂熟于心，不吐不快。

　　往昔的深圳，少人知晓，少人关心。即使到了近代这变革激烈的时代，它也只是一个处于南国的边陲小镇，默默忍受着恶浪惊涛的日夜冲击，安于贫穷落后。但改革开放的春雷，却使它整个儿活过来了，而且焕发出无穷无尽的青春和活力，变成享誉世界的金凤凰，日日展现新姿，使人流连忘返。

　　鹏城新，新在社会经济发展迅猛。特区建立至今，短短40余年，在历史长河中只是一瞬，但就在这一瞬之间，一座崭新的、现代化的国际性大都市大规模地建设起来了，更在十多年中人均生产总值和进出口贸易总值居全国大中城市之首。人在鹏城，会感到自己就像悬崖上那些高山榕，能经风雨，能傲骄阳，以坚韧的根系，牢牢地抓住生命的每一次机会。

鹏城绝，它可谓中国大城市中最年轻的一个，但谁能想到在这里也隐藏着人类古文明遗址。深圳经济特区建立后，在文物考古挖掘工作上亦是突飞猛进，从1985年到2006年，对坐落于龙岗区大鹏湾畔的咸头岭遗址先后进行了5次深入的挖掘工作，出土大批诸如房子、土坑这样的文化遗存和锛、斧、凿、铲、刀等磨制石器，其年代最早可追溯至距今7000多年前的新石器时期，考古学界因此命名其为"咸头岭文化"。这一发现犹如春雷，炸开了隐藏了几千年的深圳文明史。咸头岭遗址与位于南山区的屋背岭商代遗址和叠石山遗址，共同构成了深圳光彩夺目的古代文明画卷，以大量出土文物雄辩地证明，在7000多年前，中华大地濒临大海的岭南一隅，已有先民群居于此，深圳绝不是无根之花，无本之木，而是植根于极其深厚的人类古文明的土壤中，承接着数千年的文明底蕴，凝结着中华民族文明的精华，不断开出无比光鲜灿烂的奇花，结出一个接一个震撼世人的硕果。

鹏城奇，在于它的科研事业突飞猛进。深圳经济特区本是荒芜贫瘠之地，科研事业更是一穷二白，全无基础可言，却在短短的 40 余年间，靠白手起家、敢想敢干、顽强拼搏的思想精神和稳扎稳打、循序渐进及千方百计广纳人才的做法，迅速打拼出一片极为亮眼的天地，建起一个接一个的科研基地，科研队伍不断扩大，科研成果更犹如芝麻开花节节高。"华为""腾讯""大疆"等早已成为世界知名的科技企业和著名品牌。除了市级科研基地外，各区和高校也纷纷创办起科研中心，呈现出你追我赶的大好局面，在科研上未来必将出现更壮观的百花齐放、各展姿采的局面，展现更奇也更亮的光华。

鹏城美，它有一年四季一片绿的美景，寸寸如写意画，处处似山水诗，别人称道江南好，我却赞颂如明珠般美艳的新都。这里，全城上下，不管山头、平地、街边和公园，甚至大海畔，都种满各种花草树木，长年绿色成荫，浅绿、深绿、翠绿和墨绿尽现，有的绿得油光明亮，有的绿得深沉洒脱，尽显不同姿态和不同个性，相互辉映，仿佛整个天空都被染绿了似的。而那些高耸的木棉树，正如万绿丛中一点红，开出了一朵朵如朱砂一般璀璨的大红花，是温暖和活力的象征。如诗如画的美景和壮丽多姿的鹏城融为一体，使人倍感舒畅、生气勃勃。

鹏城美，美醉人。虽然传统旅游资源不够丰富，但它却以想象力和创造力构建起一条由"锦绣中华微缩景区""中国民俗文化村""世界之窗""欢乐谷"等组成的风景旅游带。这条旅游带与稍后完成的更大型化的"东部旅游城",尽显创新性和生命力,把人的智慧和力量发挥到极致。这条五光十色、风光无限的飘带更给鹏城增添了无限的美色。

鹏城美,更美在它全市公园密布,至今已建设发展到 1206 个,共同组成一个市、区、街道和有关企业组成的公园网络。公园的类型包括"综合公园""郊野公园""带状公园""专类公园""社区公园""口袋公园"等,各具特色,美不胜收。而且每年都举办"深圳公园文化季"活动,邀集各区的公园一起联动,时间长达几个月,其中以莲花山公园举办的"簕杜鹃花展"和东湖公园举办的"菊花展"最为声势浩大。花展之外,公园也争先恐后地举办各种音乐会。这样一来,市民们不但可以尽情地亲近自然,醉心于各类鲜花,还能有机会去享受富有魅力的音乐文化盛宴,大大丰富了心灵,提高了文化素养,也打造出了"公园里的深圳"这一特色文化品牌。

正如中共中央总书记习近平同志所说:"深圳是改革开放后党和人民一手缔造的崭新城市,是中国特色社会主义在一张白纸上的精彩演绎。"这座城市显现了震撼世界的经济社会的大发展和大变化。对于我这身处其中的人而言，有幸融汇到这伟大奇绝的建设事业中去，为之献出绵薄之力，也堪称是人生的幻彩奇章，让我永志不忘。